岡山の文学

令和四年度岡山県文学選奨作品集

はじめに

岡山県文学選奨は、文芸創作活動の普及振興を図るため、昭和四十一年に創設されたもので、今回で五十七回を迎えました。審査員をはじめ関係の皆さまには、作品の募集から選考、作品集の発刊に至るまで、格別のご理解とご協力を賜り、心から感謝申し上げます。

この文学選奨は、これまでに二万八千人を超える方々に応募いただいており、文芸を志す県民の皆さまにはひとつの目標になっております。今回も、小説A、小説B、随筆、現代詩、短歌、俳句、川柳、童話・児童文学の八部門に、幅広い年齢層の方々から三百九十五点の応募をいただきました。日々の暮らしや身近な題材を描き出したもの、現代社会の抱える問題をテーマにしたものなど、いずれの作品も、豊かな感性を多彩な表現力で捉えた力作ぞろいでした。

本書は、これらの中から選ばれた入選三点、佳作六点、準佳作三十二点の合計四十一点の作品を収録したものです。

新型コロナウイルス感染症の感染拡大を契機として人々の生活様式や、行動、意識が大きく変化しましたが、これにより改めて、文化芸術の持つ、心を豊かにし、暮らしに潤いや生きる喜びを与え、地域を元気づける力も再認識されることとなりました。県では、引き続きすべての県民が明るい笑顔で暮らす「生き活き岡山」の実現に向けて、「第三次晴れの国おかやま生き活きプラン」の下、文化の薫りあふれる魅力ある地域づくりに一層力を注いでまいりたいと存じます。

この「岡山の文学」につきましても、県民の文芸作品発表の場としてさらに充実を図り、地域文化発展の一翼を担うものとしたいと考えております。

本書を、多くの県民の皆さまがご愛読くださいますよう念願し、発刊に当たってのごあいさつといたします。

令和五年三月

岡山県知事　**伊原木　隆　太**

岡山の文学・目　次

目次

俳句

川柳

目　次

装幀　高原　洋一

小説B

■佳　作

昼の遊戯

長谷川　竜人
「やあ。おいでなすった」

紺絣の胸をはだけて、膝を崩した主人は団扇にしていた手を止め僕をあおぎ見た。

「これでもずいぶん待ったんだ。なんだ、まあ、とにかく座りなさい」

先ほどまで顔を仰いでいた手で指し示した先にふっくらと、茶まんじゅうのような座布団がある。茶卓を挟んで向かい合えば、庭から薄らと色めくほどの椿の香り。腰を落ち着け頭を下げた。

「ご無沙汰しています」

「はあ。まったくそうだ」

少しは顔を見せろよとは言葉だけ、先方だってこちらから催促せねば連絡の一つも寄越しやしない。もっともこちらが目下であるから便りを寄越せもないのであるが、互いに連絡があろうとなかろうと構わぬ仲だ。

今日だって事前に行くとは伝えていない、用向きがあればふらりと訪ね、そうするといつでも畳の上に転がっているのがこの男。四十がらみの骨張った膝を隠そうともせず、部屋の隅に投げ出された、旅先でつい買ってしまった木彫りのように無目的に座している。

僕は彼を先生と呼ぶ。

座布団の柔らかな感触はひやりと、春の陽気になれた肌に心地よい。畳は定期的な手入れもあるのか、かれこれ数年の付き合いだけれど、いつ来ても初夏の緑葉の色合いだ。こちらが座るのを見て先生は身を乗り出し、

「で、どうだった。首尾は」

「はあ。まあ、それなりに」

「上々か」

「一応は果たしましたが」

そうかそうか。満足そうに顎に手をやり、それからごろりと横になる。茶卓の影に身が隠れる刹那、い草のにおいが立ち上った、ような気がした。

「よくやった」

「引き下がるのも意気地がないかと」

「それにしては時間がかかった」

「元々が意気地なしにできてますから」

違いないと茶卓の下から声がする。はっきり言われると鼻白むが、事実なのだから仕方がない。

実際僕は、さっさと用を済ませてもっと早くに訪ねようと初めの頃は考えていた。

開け放たれた窓から庭がよく見える。さっきまでそこに座っていた成人大の障害物が横になったから見通しもずいぶんよろしい。

小砂利の絨毯の上、大小の石が二つ、三つ。細身の幹の掲げる頭上に赤く散るのは椿の花。それより背の低いのも、これもやはり二、三本。名前は知らない。肉厚の、傲岸な葉ぶりも鮮やかに、温水のような陽に身を当てている。様式がどうとかこうとかいう知識はないが、本人の佇まいも含めいかにも和風の感を受ける趣で、けれど茶卓の上に投げ出されているのは中華料理の出前のチラシだから面白い。

「これで仰げばいいのに」

あん、とまたも茶卓の下。

「団扇。手でなくて」チラシを指先で弾くようにして、先生が転がっていると目される辺りへ滑らすと、枯れた腕ではっしと掴み、

「手応えがなさすぎる。だめだよ、これじゃ」

「だめですか」

「だめだね」

よっ、と一声、畳がみしりと鳴って主人は再び卓の上へ、僕の眼前に顔を晒した。

「先生の方はどうなんです。最近は」

「どうってこともない。相変わらず客は来ないし、たまに訪ねてくるのも君みたいな者ばかりだから」

「気乗りしないみたいな言い方ですね」

「そんなことはない。これでも退屈しのぎにはなるんだ、君と話すと」

先生と出会ったのはまだ学生の時分。うら寂れた繁華街、ゼミの懇親会のあと、二次会に繰り出す同級生達の後ろ姿を遠巻きに見過ごして、それでも口にした酒精の火照りを持て余しひとり暖簾をくぐった小料理屋、杯を傾けていたのが先生だった。店には僕と二人だけ、カウンター席の端に座る彼とは逆の端へ、僕は間を置いて陣取った。

飲んでいるうちに尋ねられた。

――猫は好きかな。

若い身空でさして口になれぬ酒を呷る姿に哀れを感じたか、或いは興味を惹かれたか。席を移動するでもなく、端から端までの空席分の距離を空け声は飛んできた。

嫌いです、と、そう答えた。先生は手元のグラスに視線を落としたままの姿勢で、犬の方が好きかな、と、なおも。

どちらも。

動物は嫌いです。

ふむ。と、乾燥して骨張った手を顎に、

——猫はいいんだがなあ。

——爪に毒がある。

毒？

——知らないか？　引っかかれるとね、爪の根元から分泌してるんだ。人間には大した効果もないようだが、鼠や蛙くらいならほぼお陀仏だな。人間だって、小児は危ない。

嘘だと思った。初対面の若造になぜそのような、と奇異に感じた。身なりは平準だ。濃紺のジャケットの下には薄水色のシャツを合わせ、スラックスの折り目が離れていても鮮やかに見える。覚醒していてなお夢の世界に遊ぶ輩かと疑いもしたがそうも見えぬ。

なぜだか、馬が合った。

後日、自宅に誘われ、それから度々通い始め、それから先生は、僕に嘘ばかり教えてくれる。

ちゅるりらと庭で小鳥の声。

「あれ。スズメが」

「ウグイスではないかい」

「法華経、とは鳴いていませんよ」

「テッペンカケタカ」

「それはホトトギス」

「よく知っているねえ」

「これでも学士ですから。三文ですけど」

「学士さん自慢の知識がホトトギスかい」

「ですから三文。その程度しか自慢できる知識がない」

乾いた笑い声を上げて先生は、手招きして僕を促した。膝立ちのまま茶卓を迂回して近付くと、足下からまた畳のにおい。

「どれ。見せてごらん」

僕は顔を仰向けた。油が垂れるかと思われるほど、艶めいている天井の木目が視界に広がった。それから床の間の長押。刃物で斬り付けたような傷が縦に数本走っている。

「なるほど」と先生。

「どうですか」

気道が圧迫されて声は蛙のそれに似た。しかも、絞め殺される寸前のような。とすれば絞めるはぬらぬらと鱗きらめかす蛇であろうか。けれど先生の指先は、蛇というには無骨に過ぎる。乾いてかさついた感触が喉の敏感な部分に触れ、背筋を駆ける寒気のような、反射的にぴくりと震える肩が口惜しい。

「なるほどねえ」

先生は感心したように繰り返した。「なかなか見事」

「本当ですか」

視線だけ下げるとこちらの反応を予期していたようににやにやしていやがる。おべんちゃらの三文芝居。乗せられた。嫌な性格をしていると思う。こちらがむくれると喜ぶのは承知の上で、あえて望み通りに相手の手をそっと除けて後ろへ下がった。

「見事もなにもないでしょう、こんなもの」

「まあ、確かにそうだ」

先生は飴細工のような陽の差す縁側に投げ出すようにして手を突いて、体を預けた。前がはだけてまた薄い胸が露わになる。このまま色が枯れれば木乃伊と言われても通るように細枯れている。

首筋には他人に触れられた感触が、虫に這われた跡のようにしつこくうずいていた。そこだけ体温が失われてしまったかのようにふわふわした質感は、記憶の底に浅ましくこびりついた息遣いを呼び起こす。

女の指先。

だけどもあの女の指は、もっとしなやかで、柔らかで、湿っぽかった。先生のとは比べるまでもなく、妙に冷たく、濡れたような細指で、まるで寒天にでも撫でられているような、くすぐったく身を引くと実際に女の指先は液状のものでてらついていた。

——なんだよ、それ。

——これ？

女はそう言って首を傾げ、それから悪戯っぽく微笑むと、指を僕の口に突っ込んだ。そこだけ固い爪が上の歯に当たり、動いたかと思うと、舌に香草のような澄んだ香りとともに快いものが、

——甘いでしょう。

と、今度首筋をなぞったのは涼やかな息遣い。女が顔を寄せると髪は水桃に似て、ふわりと香った。

——水飴？

——毒。

毒だよ、と言って、その女——弓枝は笑ったのだった。

「また思い出してるね」

低いがよく通る先生の音声は詩吟でも詠ませれば格好が付くのかもしれないが、あいにく三文学士に漢詩の教養はなく、もっぱら朗々たる声音は絹のような夢の膜に包まれた不肖の弟子を現実に引き戻すだけの役にしか立たない。

「弟子を取った覚えはない」

今度は鋭くそう切り込む。

「声に出した覚えはありませんが」

「君の考えることくらいお見通しだ。修行が足りん」

「身につきますか。修行すれば、読心術が」

「やってみるかい」

「結構です。学問なら足りてますから」

「どうだか」先生はにやりと片頬を崩して、

「女に入れ込むようじゃあ」

　そう言われて、僕は思い切り眉根を寄せてやった。万感込めて睨んでいるのに僕の視線に射殺すだけの力が足りぬか、はたまた相手が悪いのか、本人はどこ吹く風の平気の平左。しどけなく開いた襟に手団扇で風を送り、にやにやと、蟻の足を一本ずつ抜いていく時の子供のような。

「憎らしい」

「女がかい」

「もういいですよ」弓枝、と名を言いかけて、「――彼女のことは」

「未練は。ないのか」

「怒りますよ」僕の脅し文句は先生にとって、滑稽でこそあれ迫力にまるで欠けているとは僕自身が一番よく知っているが言ってやった。先生の狭く、薄い額には光の粒が撒かれていて、どうやら暑いのは本当らしい。

「まあ、君も大変だったなあ」急に殊勝めいて言うはさすがに若輩をいじめる不逞を恥じたものか。にやにやだけは顔から器用に消している。

　同情を買うのは本意ではないが生半な道を歩んでいないことも確かではある。

　また大学生の時分の話である。

　冬の刺すような雨に身を丸め、僕は薄暗い路地を歩いていた。水を跳ねて濡れたズボンの裾を引きずり、黙々と人通りの少ない道を進んでいたのは、やはりゼミの懇親会を終え、二次会だカラオケだと騒ぐ同窓を尻目に店を後にし、誰に声をかけられるでもなく闇夜をとぼとぼ、歩き始めた矢先の小夜時雨。目抜き通りを行くのも何とはなしに憚られ、夜の灯りから逃れるように踏み込んだ暗い道で。

　空気は膚を粟立たせ、頭上からは冷雨に降り籠められるというのにコートの下には温気がたまり、衣服はべたべたと、額ににじみ出る汗も髪を吸い付けうっとうしい。こうなってしまってはいっそずぶ濡れの腹を決めて駆け出してみても、と思いはしても、そうするほどの気概も湧かず、ただどこまでも追いかけてくる暗雲から少しでも離れたいというような気持ちで、ふやけた靴で水たまりを踏み続けた。

雨は淡々とアスファルトの上に炸裂音を響かせる。たたたたた、と音だけ切り取れば小気味よい律動に水の跳ねる音が混じって、鼓膜に泥水が染み込むような気もしてくる。両脇には灰色の壁が頭上から覆い被さるように、右にも左にも逃げ場はない。進むか退くか、それだけなのだが、行く先はどこまでも薄暗く、一歩先に陥穽が、のっそり口を開けていたって気付きはしないのに違いない。

――あら。濡れ鼠。

雨音の間隙を縫って染み入るような、透き通った声だった。耳で捉えて初めて行く先の、ビル外付けの非常階段にぽつねんと座る女の姿を視界に捉えた。階段を雨よけに、頭上の街灯に半分ばかり照らされて、残りは影になった顔をこちらに向け、どうやら僕は観察されているらしい。膝を抱えて座した姿勢は、ずっと昔からそこにある、雨水に磨かれ丸みを帯びた天然の石のようでもあった。

――良ければどうぞ。

女は座ったまま、傍らに置いていたらしい傘を持ち上げた。どこにでもあるビニール製の、その柄の鈍い切っ先が僕の鼻をまっすぐ指した。街灯が女の腕を露わに晒す。その掴んだ柄に負けぬほど華奢で、夜の闇を吸いすぎてかえって翻ったかのように白い腕だった。しばし見とれた。それから黄色い街灯の中に、やっぱり小さいものが白くちろちろと見えるのは、雨が霙かはたまた雪にでもかわったかと思いきや、女の長く伸びた爪。

お気遣いなく、と言い置いて、去り際にはあなたが差してください、と付け加えた。

数歩進むと頭を叩いていた冷たい玉がふっつり途切れ、横を見やるとそこに、女が。傘を僕の頭上に差し掛けるように、相合い傘の趣向らしい。

――お構いなく。

と、再び辞去しようとするのを、

――私が差したいから差しているのさ。

それならかまやしないだろう、と、どうやらそれが地であるらしい女鉄火の口ぶりで、しかし、となお言う僕を押しとどめ、

——鼠が好きなのさ。

その一言で片付けようとする。やむを得ず、仕方なしの格好で二人の言葉は狭く暗い道を、二人分の幅で、肩を接して進行した。

——好きって、猫じゃあるまいし。

——お兄さんは猫が嫌いかい？

——好きではありません。

——可愛いのにねえ。

猫は。

爪に毒がありますから。

言うと、女は反り返った弓がしなるような速さで身を追って、からからと笑った。雨中には似つかわしくない陽気な大笑だった。

僕は振り返り振動する彼女の細い背中をしばし眺めた。遠くにまばらな街灯の下では、幾筋もの銀線が自由落下の速度で走り抜ける。急ごうが急ぐまいが地面に落ちて弾ける運命は変わらないのに、雨水は彼ら自身に許された最大の速度で落下する。女が引く波のようにわずかな余韻を残して笑いやんだのを確認して、僕は体を巡らした。女の息遣いがつと近付き、それから、水っぽい声。

——結構じゃあないか、お兄さん。

僕は初めて、湿った雨のにおいの中に女の甘い香りを嗅ぎ取った。振り向かずとも分かる、濃密な色が僕の背後に押し寄せている。これは、と考えるよりも早く、右手に女の柔らかな体温がぬるりと触れて、

——毒を喰らわば皿までというよ。

絵筆に似た感触の彼女の指が、僕の手の甲を、かすかにさすった。

「それがなれ初めかい」

「まあ、ええ。そうです」

「で、始まった訳だな、君の受難が」

「受難だなんて、そんな」

「これを受難と言わずしてなんという」

ぴしゃりと先生は言う。曖昧な態度をこの期に及

んで未練がましいと汲まれたか、いささか呆れられてでもいるような。

　飛んで火に入る夏の虫。しかし、火の方から虫の意思に頓着なく近付いてくるなら、虫は空虚な逃避を続けるか、あえなく身を焦がす他に道はない。考えていると頭の芯に霞がかかってくるようで、あの雨の日から現在に至るまでの僕自身の辿った道筋が異様な圧迫感を持って眼前に迫ってくるようにも思われた。僕は僕自身が辿った道程の最後の最後で逃避を選択し、結果、この座敷で先生と向き合っている。

　僕は弓枝から逃げたのだ。

「そうやって付きまとわれた相手がとんだ山猫だったんだから、君も運のない男だねえ」

　先生はひらりと軽く言ってのける。けれども真剣に悩んだ身としては運が悪いの一言で片付けられる話ではない。「運が悪いことは否定しませんが」その後が続かないのはどうも弱気だ。

　喉が渇いた。そういえば最後にものを口にしたのはいつだったか、記憶は何日も前に聞いた遠い異国に関するニュースのように曖昧で、僕は手で膝を打って立ち上がり、見上げる先生の目を見据え、

「お茶を淹れてきます」

　頼んだ、と鷹揚に頷く主人はハナから客人に茶を用意させて気後れの素振りもない。暢気にあぐらをかいて、「戻ってきたら聞かせてくれよ。化け猫との思い出を」化け猫とは弓枝のことだ、ひどい言い草だが当事者としては反論する気も起きぬ。

　台所へ続くふすまへ手を伸ばすと、自動ドアでもあるまいに、ふすまの方で勝手に滑って、ぱん、と開いた。廊下には盆の上に急須と湯呑みを載せ、お手伝いさんにしては面妖な、見覚えのある烏の濡れ羽を顎の高さで切り揃え、

「誰が化け猫だい」

と、険しく言い放ったのは血のように赤い唇、形の良い目は夜叉の如くに吊り上がる。

「弓枝」

　思わず呟いた僕に対して「弓枝で何が悪いのさ」と、言いのけるのはまさしく聞き慣れた弓枝の声。別に弓枝で悪くはないが、ただ先生の家にまで押し

かけてくるのは悪い。というかまずい。僕にとって都合が悪い。

というかどうして、ここにいる。

「追ってきたのさ」

弓枝は黒髪を逆立てながら、彼女の怒りに燃える目は座の主人に据えられた。手には盆を持ったまま、零れる前に急須くらい卓に置いたらどうかと思うが、瞋恚の炎に焼かれていては粗茶が零れようと零れまいと彼女には些末な問題に過ぎぬらしい。

「あんた。あんたがそそのかしたんだね。蓮さんを」

蓮さんというのは僕のことで、名は蓮介であるのを面倒くさがって弓枝はこう呼ぶ。正直いって懐かしい響きであるが同時にこの場では聞きたくない響きでもある。

「弓枝、まあ待て」

「うるさいっ」

弓枝はついに盆を置いた、というより放った。それでも一応は卓の上へ目がけてなのは最後に残された慎ましさか。がっちゃんと大仰な音を立てて湯呑みと急須は飛び上がり、当然の帰結として中の茶は盆と卓に水たまりを形成した。縁側から緑の香りを乗せて運ぶ風は弓枝の黒髪を嵐のごとくに吹き立てて、額まで露わになった顔はうっすらと朱に染まり美しいやら恐ろしいやら、形容もできぬ凄まじさ。

「だいたい何さ、蓮さんも蓮さんだよ。私に黙って、あんなこと」と、恨みを込めて爛々と光る二つの目を、「あれじゃまるで、当てつけじゃないのさ」

それは誤解だ。なんでも自分を中心に捉えて考える癖が弓枝にはある。思い込みが激しい上に執着も強い。そうしてそれが、僕が彼女から遁走を試み続ける理由であることを彼女は知らないし、知ろうともしない。

弓枝の眦に施された薄桃のような彩りが、彼女の艶然たる装いに一段の磨きをかけているのは事実だが、いまさら心を動かされることもない。

だって、僕はもう。

弓枝の繰り言はだらだらと、切れ目もなく鬱屈を一時に吐き出すかのような勢い。

「あんなにだらんとしちゃってさ」

僕は自分の首、顎の下から鎖骨にかけて撫でるようにして触れた。確かに慣れ親しんだ感触で、平時の通りの長さである。

「私にはあんな顔、恨みがましいようなのを見せておいて、この家じゃそら、ずいぶんしゃんとしてるじゃないか」

「そんなにすごかったかね」

と先生。やっぱり御仁、不適な笑みを浮かべていたが、弓枝はこれでまた心にかっ、と熱くなったか、「当たり前じゃないのさっ」思わずこちらも身を引くような迫力で、どん、と踏むと畳が軋み床柱まで震えるようだ。彼女はなおも地団駄踏みながら、

「あたしゃ腰を抜かしたよ。蓮さんの家に遊びに行ったら鍵、かけてやがる。でも窓から灯りが見えたんだ。さては居留守を決め込んでるな、乗り込んでとっちめてやろうと、そら、この合鍵」それは弓枝がどうやったのか、僕に黙って作ったものだ。

「こいつで開けて入ったら、鴨居の上から縄結んで、お決まり通りの吊され方だよ。顔、真っ青にして、目をかっ、と見開いて、舌なんか舐め小僧のようにだらだら垂らして」

首も伸び放題に伸ばしてさっ。そう弓枝は結んだ。舐め小僧というのが何なのかは知らない。妖怪みたいな名前だけれどそんな妖怪がいたかしら。

「なかなか思い切ってやったんだね」

先生は初めて感心したように立ち尽くす僕を見上げた。

「だから、言ったじゃないですか」そう応えたけれど、台の代わりに積み上げた文庫本を、足の裏で蹴ってからの記憶は定かでなくて、頭の中が爆発したようになったあと、覚えているのはどこか遠くで響く銅鑼に似た音、息苦しさすら感じずに視界が闇に沈んだことだけ、自分がどんな覚悟、勇をふるって行為に及んだものだか、実ははっきり自信は持てぬ。

ぜんぶこいつがそそのかしたんだね、と弓枝は、畳の縁を踏み締めて先生の顔を指さした。そのとき雲が陽を覆ったと見え、縁側からその手を伸ばしていた日差しは座敷の奥の側から暗色に染められていった。すっかり薄暗くなった部屋でなお蛍火のごとく輝いているのは弓枝の目。指は先生に向かって伸ばされたまま、僕は、そろそろ立ち尽くしているの

も疲れるから座りたいなと思っているけれど、痺れてしまったように動けない。

「さあ、蓮さん。帰っておいで」

今度は猫なで声で言う。「今度のことは許したげるよ。蓮さん、あの男に騙されてるのさ。あたしゃ気にしないよ」

気にしないと言われたって。

僕は、

「もう、首を」

喉で絡んで情けない声を弓枝は遮り、

「なにさ首くらい。だるんだるんだって構やしないよ」

「そうじゃなくて」

「だいたいおかしいと思ったんだよ。蓮さんが私から離れるだなんて、そんな訳がありゃしないんだ。え、おっさん。お前さん、正体はなんなんだい」

「正体？　私のかい？」

「そうだよ。どうせあんたもただの者じゃあるまいに。そうして尋常の人の顔して澄ましているが、面の皮一枚剥いだらどんな化け物が出てくることやら」

「それはお互い様じゃないかね」

腕組みをして先生は言う。

「君だってその、なんだ、ほら。尻尾が出てるぞ」

攻撃性に満ちていた弓枝の表情に雪崩のような動揺が走った。一瞬で顔色を失い、手を回し抑えた尻には、しかし獣の痕跡などどまるでない。顔が再び赤くなる。

「騙したね」

「実にうまく隠しているじゃないか。何本あるんだ。九本か」

「狐じゃないよ。私はそんなにぶらぶらと、股ぐらに余計なものを下げてやしないよ」

嫌なおっさんだね、ねえ、蓮さん、と腕に絡むのはあの日あの時、雨天の路地で掴まれたのと同じ体温。同じ香り。同じ爪の、鋭い堅さ。それをさっと振り払い、「あっ」短く挙げた声は悲鳴のようで、見上げた目には妖猫にも似ず驚きの色がありありと見て取れた。真意を測りかねるように曖昧な笑みを片頬に刻み、けれども僕がわずかに残った愛惜の念を振り切って、目を逸らすと息を呑むのが気配で伝わった。

「なんだい。どうしたんだい蓮さん。こっちを向いておくれよ」

「ごめん」絞り出すように言って、僕は弓枝に握られた腕に力を込める。

「お前さん」と、先生の無感情な声はますます渇きの度合いを深め、「もう諦めなさい」

弓枝の指がその質感を硬化させた。爪が僕の薄皮に、痕が残るか残らないかの強さで食い込む。

「あんたにゃ関係ないよ」

「関係ないことはないさ。彼が」と、顎で僕を示してから、「そう望んでいる」

左の眉根がちりちりする。弓枝の視線を感じてうずいている。鼠程度なら射殺す視線の威力は、今や僕の心の内を探ることに集中されている。汗が噴き出る。握られた腕に加わる力が強くなる。先生が微笑んでいる。僕はどうにも逃げ出したくなっている。

「本当なのかい」低い声で尋ねられ、僕は当人から目を逸らしたまま、全神経を使って頷いた。ひぃっ、と弓枝が息を吐いた。

「ごめん」それだけ言うのが精一杯の、我が身の意気地のなさ、情けなさ。

「蓮さん。ど、どうして」

「僕は」弓枝に目を転じた。女の双眸の光はややくすんで、今や独特の粘り気を持ち、一度掴んだ僕の視線をもう二度とは離さないというように、心の底まで見透かすかと思われる鋭さで。というか実際、弓枝はその一瞬で僕の内奥をすっかり見切ってしまったらしい。

「――そういうことかい」

ぶっきらぼうに腕を突き放され、僕の傍らで所在なくぶらつくそれには、痛みとも痒みともつかない爪痕がありありと残されている。いっそ引き裂かれでもした方が楽なような、けれど僕の皮膚からは、きっともう血は流れない。

「僕は」それから後が継げずに白けた座を横に薙いで一閃したのは、やはり先生の無遠慮な「あっはっは。逃げられたね」

傷に塩を塗り込むか、声音に邪気が感じられぬのが余計にたちが悪い。弓枝は弥が上にも赤い顔を怒張させて、まずいと思った矢先、銃から発射されたような速さで先生に飛びかかる。先生は座ったまま上体を避けるとその傍らを弾丸は掠めて白茶けた庭に着地した。目も、爪も、大きく裂けた口も、初夏の薄曇りの中で異様に鮮やかだ。きらりと光って再び飛びかかろうとするのを、

「山の物は血の気が多くていかん」先生が片手を挙げると、弓枝の背後の椿の枝が、するすると蛇のように伸び胴に絡みついた。弓枝はとっさに飛び退こうとしたけれどもう遅い。がさつな木肌は彼女の細い腰を捕らえて微動だにしない。

「なんだいこりゃ。こら、離しなよ。離せったら」

「無駄だよ。しばらくそこで頭を冷やしなさい。全体、けだものが人様に添い遂げようなんていうのが無理な話なんだ。お前はどうだか知らないが、お前の愛しい蓮さんはお前に付きまとわれてずいぶん難儀していたそうだ」

縦に細い瞳孔が僕を補足する。曇天の下でもがく姿を見ると哀れを催しもするけれど、もはや僕にはどうすることもできやしない。

「気の毒な、と思っているだろう」

と、先生。「この期に及んで。そんなだから突き放すこともできないで、君、冥途にまで逃げ延びる羽目になるんだ」

「面目ありません」

「まあ、いい。とにかくうるさくて敵わんから、君から後でよく言い聞かせてくれよ」

庭で喚かれていた恨み言は今や泣き言に変わりつつあり、蓮さん、助けて、助けておくれと繰り返す。雲間が晴れて、そこだけぽっかりと照らされた弓枝の顔は涙に濡れ、いまや尋常の少女と見分けがつかぬ。

「言い聞かせるって、僕がですか」

「君しかいないだろう」

先生は鼻から息を吐いて、卓に転がっている急須にわずかに残っていた冷めた茶を、湯呑みに注ぎ一息にして、それから、

「しかし、退屈だねえ」

と言った。

僕はどうにも憂鬱で、所在なく庭に目を遣れば、むき出しの土に陽を受けて、無責任に放埒に、輝く様は夢のよう。陽はだらだらと僕の足下まで食指を伸ばし、森林の色を映したような、青い和室は白けた明かりと弓枝の声で満たされる。

■佳　作

アップルパイ

一〇二

リツヨさんは、ちょっと変わっている。

もう五年同じスーパーに勤めているのに、未だにときどき、バックヤードで迷子になる。いくつかある銀色の扉を出てトイレに行った後、どうやって元いたレジに戻ればいいいか、分からなくなるらしい。

バックヤードで、忙しく段ボールを台車に積み込んでいる社員を捕まえて、

「あの、出口、どっちだったでしょうか」

と、か細い声で訊く。

時間に追われて殺気立っている社員は「はぁ？」という顔をして、「出口？」と聞き直し、自分の中で理解して答える。

「通用口なら、まっすぐ行って突き当たりを右です。もう、いいかげん覚えてくださいよ」

うんざりした声で言われて、リツヨさんは「は、はい」とうなだれる。

が、数メートル行ったところでまた分からなくなって、すれ違った清掃員に同じことを訊くのだ。結局、説明するよりいっしょに行ったほうが早いので、親切な誰かがリツヨさんを五号レジまで連れてく

る。

私はこのバックヤードでの一連の話を、アルバイトし始めたばかりの頃に、先輩の安藤さんから聞かされた。安藤さんは大学の四年生で、私に仕事を引き継いだ後、就職するためにバイトをやめることになっていた。

「私、二年ここで働いてたけど、あのおばさんにだけは気をつけたほうがいいよ」

悪い人じゃないんだけどね、と安藤さんは言った。

リツヨさんは確かに、いわゆる「悪い人」ではない。五十代半ばの女性で、つけまつげの目立つ濃いメイクをしていて、長い髪を二つに分けて耳の下で結んでいる。いつもにこにこ、というか気弱そうにへらへら笑っていて、女子高生みたいなプリーツスカートをはいている。冬はその上からピンクのコートを着て、夏はフリフリの薄いカーディガンを羽織っている。「年相応の大人の女性」というより、「少女っぽい人」という感じ。リツヨさんを見たことがない人に話しても、なかなかイメージが伝わりそうにない。

「ゆかりちゃん、今日も遅れてきてごめんね。渋滞してて、後ろからクラクション鳴らされて……びっくりして曲がったら、一方通行で戻れなくなったの」

夕方の忙しい時間が過ぎて、レジが幾分暇になったときに、リツヨさんが小さな声で謝ってきた。リツヨさんと私は週に三回、二人体制で五号レジを担当している。食料品以外にも、服売り場や百均の入った大型スーパーなので、レジは全部で六台ある。土日祝は六台全部稼働し、客の少ない日や時間帯は半分だけあける。夕方十七時から閉店の二十二時までは、平日なら三号レジまでしか開けないのだが、リツヨさんがシフトに入る日は、一号、二号、五号が開けられる。

「あの人はなぜ、いつも五号レジなんですか」

最初の頃に安藤さんに訊いたら、

「あの人、他の台にすんなり移動できないからね。最初雇われたときは土日の昼とかに入ってて、五号レジで研修受けたんだって。その後シフト変えたらしいんだけど、『今日は三号ですよ』って言われても、五号のところに行っちゃうし、もたもたするから結局五号に固定になったの。ほら、一号に近い台ほどお客さんが集中するでしょ。だからずっと五号なんだってさ」

と、呆れたような口調で教えてくれた。

私は、リツヨさんといっしょじゃない日は三号に入ったり、二号に入ったりしている。

「学生さんは覚えるの早いから助かるよ。用事がない日は追加で出勤して」

と、この間リーダーに言われた。

二十時を過ぎると、一号レジの二人が退勤するので、二号レジはペアを解消して、それぞれ一人ずつでレジを打つ。五号レジだけは、私とリツヨさんの二人体制のままだ。

「ごめんね、ゆかりちゃん。三十分も一人にして」

二十時半を過ぎた頃、リツヨさんはまた、遅刻したことを謝ってきた。十七時台はお客さんが多くて慌ただしいけれど、隣にリツヨさんがいないほうがてきぱきと進むのは事実だ。

リツヨさんは今日、渋滞を回避するつもりが別の道に入ってしまい、なかなか店にたどり着けなくて遅れたという。

「いいですよ、べつに」

私は特に気にしていない。

「優しいね、ゆかりちゃん」

過去にも同じようなことがあって、他のアルバイトはリツヨさんと組みたがらないらしい。サクサクと仕事を進められる主婦さんたちは、似た者同士でペアを組んで、後ろで息の合った作業をしている。みんな、リツヨさんとは口をききたがらない。

「これ、あげる」

レジ台の下で、リツヨさんが手を出し、懐かしい包装の飴を二つくれた。皺の入った細い手は、同年代のうちの母よりだいぶ弱々しく見える。

「ありがとうございます」

私は、普段食べない飴を受け取った。

一度溶けて固まったのか、飴が包装にくっついているのが、軽く触っただけでも分かった。

「また私のところにバッグ入れてる」

ある日、バックヤードに着いたら、同じ時間からシフトに入る長野さんが、ロッカーを開けて不機嫌な声を出していた。

「129」とシールが貼られたロッカーに入っているのは、リツヨさんの荷物だった。くたびれたフェイクレザーのバッグと、マスコットのついたエコバッグが見えた。

「しかも鍵、かかってないし」

長野さんは舌打ちして、社員がいる事務室のほうへ行く。

職場のルールで、長期パートはみんな、決まったロッカーを使用することになっている。私物を置いて帰るのは禁止で、鍵も持ち帰ってはならない。なのでたまに、新人さんが間違えて、他人のロッカーに荷物を入れてしまうことがある。

が、リツヨさんはもう何年も勤めている。しかも、荷物を入れた後、施錠せずに行ってしまったらしい。長野さんが怒るのも無理もない。ちなみにリツヨさんのロッカーの番号は「192」だ。

五号レジに入ると、社員さんが来て、「本田さん、しばらく一人でやっててくれる?」と言って、リツヨさんを連れていった。私はもう慣れているので、一人で商品のバーコードを読んで、お客さんとお金のやりとりをする。

一時間もすると夕方のピークも過ぎて、レジの流れもゆっくりになってきた。野菜とお惣菜とペットボトル飲料をかごに入れた若い男性が、私の前に立つ。

「いらっしゃいませ」

私はいつものように一礼して、商品のバーコードを機械に通した。

「ごめんね、ゆかりちゃん」

私がタッチパネルの「キャベツ」を押したところで、後ろから大きな声がして、リツヨさんが現れた。お客さんが一瞬、ぎょっとした顔をする。

「店長と話してたの、ちょっと長くなってね……」

リツヨさんはその場で話し始めたが、接客中なので答えるわけにもいかない。

「いいですよ」

とだけ言って、私は豆腐のパックを薄いビニール袋に入れた。

リツヨさんは私の隣にするりと入り、いたたまれなそうにうつむいて立っている。

「袋はいかがなさいますか」

「いいです」

私とお客さんがやりとりしている横で、手持無沙汰だったのか、リツヨさんは、レジを通したかごにプラスチックのスプーンを一つ入れた。男性が買ったお惣菜は、パック詰めのおからとウズラの卵の串揚げだ。

お金を払い終えると、男性客は、無言でそのスプーンを取り出して、レジ台の上に置いていった。

「変わってんな」

ぼそっと捨て台詞を吐いて。

「リツヨさん、スプーンを渡すのは、お客さんが『いる』って言ったときだけです。それにあれは、カレーとかチャーハンとか、スープ用のですよ」

彼が去った後に、私は一応伝えておいた。

環境保護や経費削減の関係で、スプーンや割り箸は、必要かどうか尋ねてから提供するルールになっている。しかし、リツヨさんは恥ずかしいのか、お客さんに訊かずにそれらを入れてしまうことがたびたびある。それも、どう考えてもおかしい組み合わせや個数を。

「ごめんね」

リツヨさんは、子どものようにうなだれて言った。しょっちゅう謝られているような気がする。

店長と長いこと話していたのも、何か注意されていたのだろうか。気になりはするものの、店長もおっとりした気弱な人だから、そんなにきつく言われてはいないだろうなと察しがつく。

それ以降は特に問題は起こらず、二十二時になって閉店を迎えた。平日なのでレジは三台開いていて、一号・二号の各一名と、五号レジの私とリツヨさん、計四人でレジ締めをする。三台とも終わるまでみんな帰れないので、リツヨさんには台拭きをやってもらって、五号レジの精算は私がする。

ぜんぶ終わって事務所に売上を持っていくまでの間に、雨音が響き始め、激しくなっていった。バイトに出かける前の予報では雨だと言っていなかったので、私は今日も自転車で来ている。

「ゆかりちゃん、傘持ってる？」

暗い通路をロッカーに向かって歩きながら、リツヨさんが訊いてきた。

「持ってないんで、ちょっと止むまで待ちますよ」

「もう遅いから危ないよ。私車だから、乗せてってあげるよ」

リツヨさんがこんなふうに言ってくれるのは初めてのことだった。最近ミスや遅刻が続いているので、負い目に感じているのかもしれない。

「自転車、一日くらいだったら置いてっても大丈夫よ。明日も入るんでしょ。朝、店長に言っといてあげるから」

他のパートさんも言ってくれたので、私はリツヨさんの厚意に甘えることにした。

「散らかってるの、ごめんね。足元の、よけといて」

リツヨさんは申し訳なさそうに高い声を上げながら、私のために助手席を空けてくれた。助手席の足元には、ふわふわのウサギのスリッパがあった。

「これ、リツヨさんのですか」

できるだけ濡れないように急いで乗り込み、シートベルトを締めて、私は訊いた。

「それは娘のよ。こないだ、来てたから」

リツヨさんが答えて、車を発進させる。ワイパーが勢いよく動いて、リツヨさんは「きゃっ」と小さく悲鳴をあげた。

「いつもびっくりしちゃうのよ、これ」

免許を取得して何年も経つそうだが、未だに慣れないらしい。

こんなリツヨさんにお嬢さんがいるのは、初耳だった。独り身の人にしては頼りなさすぎるし、どうやって暮らしているのだろうと思っていたが、旦那さんやお子さんがいるのは意外だった。

「娘さん、大学生とかですか」

来ていた、というからいっしょには住んでいないのだろう。

「ううん、高校卒業して働いてるみたい。主人が引き取ったから、めったに会えないけどね」

リツヨさんは数年前に離婚して、今は一人で暮らしているという。

「ゆかりちゃんと同い年よ。ゆかりちゃんといると、真美のこと思い出す」

娘さんのことを話すリツヨさんは、お母さんの顔をしていた。

アパートの前まで送ってもらって、雨に濡れないように急いで車を降りた。

「ありがとうございました」

「うん、またね、ゆかりちゃん」

運転もあまり得意でないらしいリツヨさんの車は、ふらふらと揺れながら雨の中を遠ざかっていった。


私は地元の大学に通っているけれど、実家を出て一人暮らしをしている。家を出て以来、一度も帰っていない。不仲だった両親は私が幼い頃に離婚し、以降母と二人暮らしだったが、折り合いが悪く、喧嘩ばかりしていた。奨学金を使って大学に進学し、母と離れて暮らし始め、やっと平和が訪れたように感じている。


大学受験を決めたときも、「アンタは頭が悪いんだから、高校までで十分でしょう」と反対された。オープンキャンパスは親と来ている人も多かったが、私は一人で見て回り、自分の進路を決めた。心理学を学んで、将来は臨床心理士になる。三年生まては授業がみっちりあるので、スーパーで数時間のバイトをするのがやっとだ。実家から通っている子と比べると、生活はカツカツだった。

友達もなかなかできなかったし、親と良好な関係の周囲と比べて勝手に惨めな気分になるので、講義と講義の間の暇は、学内の図書館で読書して埋めていた。

誰かにそのことを知られるのは恥ずかしいので、私の大学生活については、誰にも話さないままだった。毎月赤字だから、給料日前は部屋にある物をフリマアプリで売って、何とかしのいでいることも。器用なふりをしているけれど全然そんなことはなくて、夜に一人で昔のことを振り返って涙していることも。

ある日、バイト先のスーパーに行くと、リツヨさんが珍しく、私より先に来ていた。

「ゆかりちゃん、待ってたよ」

荷物を持ったまま、通路に立っているので、台車で商品を運ぶ社員が眉をひそめて横を通る。

「何か用事ですか」

私はリツヨさんを、通行の邪魔にならない隅のほうに呼んで、尋ねた。

「うん。アップルパイ焼いてきたから」

唐突だった。

今日はべつに、私の誕生日ではない。

ぽかんとしていると、リツヨさんは慌てた声で説明した。

「ご、ごめんね、急で。真美の誕生日だったから。でも、来ないって言ったから」

要は、娘さんのためにアップルパイを焼いたものの、何らかの事情で食べてもらえなかったので、私に持ってきてくれたということらしい。

「えっと」

大きなエコバッグの中をごそごそ探り出したリツヨさんは、そのうち、「あれ」と声を上げた。

「包んだんだけど、置いてきちゃった」

リツヨさんらしい。

「いいですよ、べつに」

私が言うと、リツヨさんはぶんぶん首を振った。

「ダメだよ、せっかくだもの。そうだ、ゆかりちゃん、今夜予定とかある？」

特に予定はない。家に帰って、今日の講義の復習をするくらいだ。

「ないです」

「じゃあ、ちょっとうちに寄っていって。帰りも送るから」

リツヨさんの家に、行くことになった。

彼女とはできるだけ深く関わらないほうがよいのでは、と思っていたのに。

「ありがとうございます」

私はちょっと後ろめたい気持ちで、バックヤードの通路を、リツヨさんについて歩いた。

リツヨさんの家は、薄ピンクの外壁の小さなアパートの一室だった。離婚して、一軒家を出ていくことになったそうだ。

「真美をおまえには任せられないって、主人が親権をとったの。離れてもお母さんだからって真美は言ったけど、こないだ、電話口で泣いてたね」

アップルパイを冷蔵庫から出して、切り分けながらリツヨさんは言った。

リツヨさんの小さな部屋は、可愛い小物で彩られていて、洋服ダンスの上にはウサギや羊のぬいぐるみが並んでいた。壁にかけられているのは幼稚園児が描いたらしい絵で、「まみ」とクレヨンで名が添えられていた。

「真美さん、何で泣いてたんですか」

私は、少しの沈黙に耐えられずに訊いてしまった。

リツヨさんは、自分で焼いたアップルパイを前に、つけまつげが斜めについている瞳を潤ませた。

「何か、よく分からないのよ。『今まで我慢してたけど、お母さんのせいで私はみんなより遅れてる』とか言われて……。ゆかりちゃん、私どうすればよかったのかなぁ」

リツヨさんの目から、涙が溢れてテーブルに落ちた。

真美さんが何を言ったか、リツヨさんの話がたどたどしいのですべては把握できなかったが、伝えたかったことは何となく理解できた。

真美さんはきっと、リツヨさんの娘でいろいろ苦労したのだろう。

『躾されてない子みたいだって、先輩たちからいじめられる』

『どうしてそんなことも知らないの、何でこんなものも持ってないの、あなたは欠点ばかりだから、結婚もできないでしょうねって言われる』

真美さんがまくしたてたという現状は、年の近い私が想像するだけでもきついものだった。

真美さんは美術系の大学に進学したかったそうだが、父に反対されて、高卒で働きだしたという。希望とはまったく違う、事務の仕事で。同期はおらず、三十代の先輩たちから、無視されたり意地悪なことを言われたりしているらしい。

それと「お母さんのせいで」という言葉は、飛躍しすぎているようで一見意味不明だが、私には何となく、彼女の心境が分かった。おそらく真美さんには、安心できる家庭で築いた自己肯定感の土台がないのだろう。リツヨさんはいつも、自分のことでいっぱいで、スーパーの仕事でも他のパートさんに迷惑をかけてばかりだ。

「真美は昔からしっかりしてて、口が達者でね。お母さんもっとこうしたらって、いつも言ってくる子だったの」

とリツヨさんは言うが、本当は自分が甘えたい部分もあっただろう。

まわりの子はお母さんに髪を結ってもらって、お母さんと恋の話をして、「可愛い」と言われて育って、大人の女性としての作法を身につけていって。

まじめに一生懸命走っているのに、みんなに全然追いつけない。自分は最初からみんなが持っているものを与えられていなくて、それを必死で探している間にどんどん遅れていく……。

真美さんの孤独を、私も知っている。

「主人は厳しくて、真美の話を全然聴かないみたいだから、寂しいのかな」

涙を流すリツヨさんの言葉が、私の記憶に重なってきた。

幼い頃、両親は言い争ってばかりで、私は社宅内の公園で一人、ブランコをこいで時間を潰していた。同じ公園で、同い年の子はお父さんに鉄棒の練習を手伝ってもらったり、お母さんと砂場で遊んだりしていた。私も誰かと遊びたくて近寄っていくけれど、何かが違うからいつも、受け入れてもらえない。

その時の景色がふいに蘇ってきて、私の視界も水分で揺れた。

「どうしたの、ゆかりちゃん。泣いてるの」

尋ねられて、首を振る。

「泣いてません」

真美さんが本当はどんな気持ちでいるかなんて、分からない。

リツヨさんだってリツヨさんなりに娘を愛していて、誕生日にはアップルパイを焼いて待っているのだ。

「おいしいです」

リツヨさんのアップルパイは、ざく切りの林檎がたっぷり入っていて、甘酸っぱかった。

「そう。よかった。私、料理だけはちょっと得意なの。いやじゃなかったらまた、食べに来てね」

深夜になる前に、リツヨさんは私を家まで送り届けてくれた。

まだたくさんあるから、とお土産にもらったアップルパイはずっしり重く感じられ、机に置くと、また涙が溢れてきた。


「スプーン、いらないです」

リツヨさんは、相変わらずミスばかりしている。焼きそばを買ったお客さんのカゴに、なぜかスプーンを入れようとして断られていた。

「テンパると、分かんなくなっちゃうのよね」

お客さんが少なくなってきたときに、彼女はぼそりと言った。

「大丈夫ですよ。お金さえ間違わなければ」

お釣りを渡すのは私がやっているので、問題ない。

その日も無事にバイトが終わって、閉店後にレジ金を合わせることができた。


アップルパイをごちそうになった日から、私はときどき、リツヨさんの家にお邪魔していた。仕事の後だけでなく、休日に寄らせてもらうこともある。真美さんの話を聞いたり、真美さんが小さい頃のアルバムを見せてもらったりもした。

リツヨさんは、カレーや肉じゃがを作ってくれた。私も、ジャガイモの皮を剥いたり、肉を炒めるのを手伝った。

「ゆかりちゃん、ジャガイモ剥くのうまいね。お母さんに教えてもらったの？」

ある日、リツヨさんの家に行ったときに尋ねられた。

「いえ、料理教室に習いに行ったんです」

母といっしょに台所に立ったことは一度もない。幼い頃は神経質なほどに、「危ないから」と包丁やハサミから遠ざけられていた。中学に上がる頃にはほとんど口をきくこともなく、家庭科の授業では、不器用なのを教師にも笑われていた。

その記憶がずっと引っかかっていて、大学に入ったばかりの頃、カルチャーセンターの安価な料理教室に通っていた。おかげで自炊もできるようになったし、コンプレックスのようなものが少しやわらいだ。

「ゆかりちゃんのお母さんも、しっかりしてるの？」

リツヨさんの言葉に、私は少し考えて首を横に振った。

私自身もしっかりしているとは言えないけれど、母といえばいつも、ヒステリックに感情を剥き出していた姿しか覚えていない。おっとりしすぎているリツヨさんとはべつの意味で、お母さんらしくないお母さんだった。

土曜の昼、何の用事もないので、リツヨさんといっしょにごはんを食べて、テレビを見て過ごした。今日は二人とも、バイトのシフトに入っていない。

リツヨさんは、幼児向けの番組を流しているチャンネルを選んだ。

「子育てで一番楽しかった時期によく見ていたから、懐かしいの」

私も子どもの頃に夢中になっていたキャラクターは、今も変わらない姿で活躍している。真美さんとはあの電話以降、連絡がとれない状態のままらしい。

「ゆかりちゃんが来てくれてよかった」

と、リツヨさんは寂しそうに言った。

私は一瞬だけ、リツヨさんが自分のお母さんだったらどうだろう、と考えた。他人だから、スーパーでのミスや物覚えの悪いところも冷静に受け流せるけれど、親子だったらやはり、ぶつかってしまうに違いない。

夕方、そろそろ帰ろうかと思い始めた頃に、

「いっしょに行きたいところがあるんだけど、お願いしてもいい？」

と、リツヨさんが言った。

「いいですよ。どこですか」

「公園。近所にあるの。着替えるからちょっと待ってて」

そこで写真を撮ってほしい、という。

真美さんとの思い出の場所なのかな、と思っていた私の前に、リツヨさんは、不思議な格好で現れた。

水色のスモック、ひらひらしたピンクのスカート、斜めがけの幼稚園バッグ。頭には黄色い帽子をかぶっている。五十過ぎのリツヨさんには似合わない格好だが、少女のような雰囲気のおかげで、コスプレ感は薄まっていた。

公園はアパートの近くだからということで、リツヨさんは、幼稚園児の姿の上から上着を羽織って外に出た。私は、やっぱり断ろうかと思ったが、リツヨさんがうれしそうなので言い出せなかった。

「幼稚園の頃、母によく叱られていたの。とろい、何をやっても遅いって。だからあまりよい思い出がなくて、いつも、あの頃に戻ってやり直したいって思ってた」

夕陽が照らす公園で、ジャングルジムに登りながらリツヨさんは言った。私は彼女のスマートフォンを持ち、写真を撮るためにカメラを起動させていた。

「撮りますよ」

何十年も前に幼稚園を卒園しているリツヨさんを、カメラで追って声をかける。

「もっと上、もっと上」

リツヨさんははしゃいで、ジャングルジムをどんどん登っていく。子ども用の小さな遊具が征服されていくのを、私は保護者になったように眺めていた。暗くなるまで、ブランコや雲梯などいろんな遊具で撮影して、彼女にスマホを返した。

「ありがとう、ゆかりちゃん」

リツヨさんは満足そうに息をついて、にっこりした。

「私の小さい頃の写真、全然ないの。だから今、撮ってもらえてよかった」

愛されたい、という幼い頃の強い想いが亡霊なら、私はそれを退治したエクソシストだ。

「喜んでもらえてよかったです」

優等生めいた返事をして、並んで歩きながら、後ろに伸びた影が闇に取り込まれていくのを感じて恐ろしかった。

私もいつか、リツヨさんのようになるのだろうか。母とうまくいかなかった、幼い頃の自分を肯定してもらえなかった、といって、ランドセルを背負ったりするのだろうか。料理教室に通ったことで、その手の気持ちはとうにろ過したと思ったのに。

涙ながらに現状を打ち明けた真美さんも、今頃、自分に欠けているものを埋めようと奔走しているのだろう。土台の部分がしっかり築かれていないと、その後いくら頑張って何かを積み上げようとしても、意地悪な誰かに突き崩されてしまう。電話をしてきた真美さんは、今からでもいいから、リツヨさんに甘えたかったのかもしれない。無条件で肯定してもらいたかったのかもしれない。

けれど、リツヨさん自身が、与えられるだけのものを持たないまま今に至ってしまっているから、無理なのだ。せっかく焼いたアップルパイも、真美さんではなく、私が受け取ってしまった。真美さんは真美さんで、どこかの誰かと関わって、自分でその穴を埋めなければならない。

「よかったらまた、写真、撮りますよ」

私は、リツヨさんと別れるときに言った。

レンズ越しに見る大きな幼稚園児の姿には違和感しかなかったけれど、こうすることでリツヨさんの寂しさが埋まるなら、お安い御用なのかもしれなかった。

「ありがとう、ゆかりちゃん」

リツヨさんは、もう何度目になるか分からないお礼を言って、顔をくしゃくしゃにして笑った。

「お母さんみたいだね」

言われたけれど、私はうなずけなかった。

その夜、私が撮った写真が送られてきた。ジャングルジムに登り、こちらを振り返っているリツヨさんの表情は影になっていて、笑っているのかどうか分からなかった。

随筆

■佳作

言の葉

田中　享子

ああ、なんだろう。

紫色の靄がかかる中にいる。目は閉じているけれど、色は感じられる。ふんわりと横たわった身体が浮かんでいる。暑くも寒くも熱くも冷たくもない。苦しみも痛みもない。喜びにあふれているわけでもなく、嘆きにおぼれているわけでもない。心はなにものにも縛られていない。不思議な感覚。

こうやって考えているということは、確かに自分はある。「自分はここに存在している」とかすかな声を発しているのはどこからなのか。夢と現実の線が揺れる。時間と空間の認識はなく、心と身体の区別もつかない。一体どうなっているのだろう。

一番新しい記憶をたどろうとしても、記憶の引き出し方がすぐには浮かばない。眉間に少し力を入れると、ぼんやりとした灰色のスクリーンが瞼の奥に現れ、その上に言葉が浮かんできた。

　ぽっかり明るい世界が　むこうに
長い長い隧道《とんねる》のむこうに　まあるく
さあ出るのだ

抜け出るのだ
野の花いちめんゆれにゆれ
風も吹いていていい匂い
光かがようあちらの世界へ
さあ　※1

記憶の糸は、中学生の頃の国語の授業風景をたぐりよせる。黒板の前に立ち、暗誦しているおかっぱ頭は私だ。この詩は誰のだったか。あの頃、自由課題と称して好きな文章の暗誦が課せられていた。何でもいいという中で私は短歌や詩を選んだ。好きというよりも短いからというのが理由だった。生徒たちの暗誦を聞きながら、国語の先生はにやりと口元を吊り上げる。卒業して以来、四十年近く思い出したこともない顔なのに。

「文学なんてものを理解しようなんてがんばらなくていい。今はとにかく美しい文章を覚えなさい。覚えて覚えて細胞に刷り込みなさい。その言の葉たちがいつかあなたを助けてくれる時がくる」

呪文のように先生は繰り返し、その下でどれだけの暗誦をしただろうか。

なんだか脳の中が混線しているみたいだ。こういう時に思い出すべき顔が、思い出すべきことが、他にもっとあるのではないか。もっと大切な。自分の、最新の今を考えようとすると、小さな波がゆっくりと押し寄せてくる。瞼に浮かぶスクリーンを波が消し去る。波間でうとうとしていると、その波のずっと奥、はるか遠くの方に眩しい一点の光が見えてくる。朝日が昇るように、その一点が瞼の中で徐々に大きい円になっていき、光のすべてがこちらに飛び込んでくる。光が波とともにバーンとはじけ散ると瞼一面にキラキラした結晶が完成し、くらくらするほどのきらめきに満たされた時、名前を呼ばれた。そうだ。それは私だ。

「目が覚めましたか。ここがどこだかわかりますか」

恐る恐る目を開ける。無数のマスクだ。マスクをかけた人々が私の顔を覗き込んでいる。眩しくて薄目だけれど、見える世界は情報の色であふれている。目から映像が入ってくることで、求めていた記憶が一気に押し寄せてきた。自分の過ごしてきた日常が呼び起こされる。私の名前を呼んだ声の主である男性の顔は白いマスクがほとんどを占めていて年齢すら見当がつかない。その白衣姿から、ここが病院であることはわかった。病院だとすぐに答えようと思っても言葉が出ない。頷きたくても身体は動かない。ただ相手の目をすがるように見つめる。

「朝、職場で倒れたんですよ。救急車で運ばれてきて。くも膜下出血でした。手術はもう終わりましたよ」

先生が私の手を取る。

「指先に力が入りますか」

と言われて、その手を握り返そうとする。ぎゅっとはできないけれど、その肉厚な感触を指先に感じることはできた。

「いいですね」という先生の言葉にほっとして、何か力が抜けるような感じがすると「ありがとうございます」という言葉がかすれながら、身体の奥から出てきた。声は出る。

倒れた。救急車。手術。くも膜下出血。何一つ現実味をもたない言葉たちが並ぶ。それらの単語が自分の身に起きたことらしい。けれど身体のどこにも痛みはないし、こうして考えることもできる。両手両足にはチューブのようなものが装着されていて、身体は自由にはならない。左腕のものは点滴だとわかるが、それ以外のものは何を意味しているのかわからない。ベッドサイドの医療機器が規則的な音を刻んでいる。

「今日が何日かわかりますか」

問いかけた先生の顔の方にわからないという視線を送る。何日と問われても、数字は全く浮かび上がってこない。

「五月十六日。土曜日に倒れたんですよ」

土曜日。土曜日か。職場が一番忙しい曜日だ。その日どれだけ周囲に迷惑をかけたのかと想像するだけで胸がしめつけられそうになる。感情は今まで通り稼働している。

考えをめぐらさないといけないことはたくさんある。家のこと仕事のこと。突然のことで迷惑をかけてしまっていること、そしてこの先もかけてしまうであろう迷惑。今を、未来を、想像するだけで重い闇が襲ってきて、考えることが怖くなる。今このベッドの上で身動き一つできない状況に、泣きわめきたくなった瞬間、頭の中に声が響く。あの中学校の教室で、全員で朗誦している声だ。

下人は、何を措《お》いても差當り明日の暮しをどうにかしようとして――云はゞどうにもならない事を、どうにかしようとして、とりとめもない考へをたどりながら、さつきから朱雀大路にふる雨の音を、聞くともなく聞いてゐたのである。

※2（原文のまま）

こんな時に芥川龍之介。脳の混線は続いている。けれど「どうにもならないこと」というのが今の状況にあまりにも当て嵌まっている。記憶の底の方に沈殿していた言葉たちが、混線の果てに浮かび上がってきているのか。

「また来ますね」という先生の声が遠くの方で響く。『羅生門』だらけの脳内のまま、残ったナースからナースコールの方法を聞く。こんな状態でも他者の前で気丈でいようとする自分と、そんな自分を俯瞰している自分がそこにはいた。

「ベッドの角度を少し上げておきますね」

と言いながら、ベッドの操作の仕方も教えてくれる。指先は徐々に動きを取り戻し、スイッチを触ることはできた。そのリモコンを手の届くところに設置して、ナースは病室から退出していった。

一人になった空間。視線で見える限りの周囲を観察する。ここは個室のようだ。ベッドの足元の方にドアがある。そのドアのある壁はほとんどがガラス張りで、廊下もその先にある広い病室も見渡せる。均等に並べられているベッドがいくつもある。それぞれがカーテンで仕切られているが、カーテンのほとんどはきっちりと閉じられていないので、そのベッドに人が横たわっているのはわかる。話し声もかすかながら聞こえてくる。内容までは聞き取れないけれど、聴力はある。その様子をぼーっと眺める。視力もある。

でも今、聞こえているものが聞こえるすべてなのか。見えてはいるけれど、それが見える範囲のすべてなのか。自分の身体が倒れる前と同じ動きができているのかを確かめる術はない。――どうにもならないことを、どうにかしようとして、とりとめもない考えをたどりながら――規則正しい機器の音を、聞くともなく聞いている。

いきなりの日常生活からの退場。動かない身体。常に視線にさらされる部屋。左側の白い壁には円形の白色の時計が掛けられている。そこに示されている数字が現実の今と私を結びつけている。けれど何時に救急車に乗ったのか、手術がいつ終わったのかがわからない。意識を失っていた自分の中でどれほどの時間が経過したのかは計れない。目覚めて『羅生門』が鳴り響き始めたのは何時頃だったのか。ただ時計の針は、いま五時の形をしている。おそらく夕方の。

先のことを思ってもどうにもならないことはわかる。どうにかしようとも思わないけれど、一体この状態がいつまで続くのか。元の身体に、今までの日常生活に戻れるのだろうか、とつい思ってしまう。

いつもなら病名をすぐにでも検索するところだ。疑問がわけば情報機器に頼る日常を送っていた。でもここには携帯電話もパソコンもない。テレビもラジオも新聞も本も。情報源のすべてがない空間で、ただひたすら息をするのみ。疑問を解決する術もなく時計を見つめていると、眠りに落ちたようだ。はっとして時計を見ても十五分も経っていない。短い睡眠と覚醒を繰り返しながら病室に夜がやってくる。照明が少し落とされた部屋に何度となくナースが様子を見に来てくれる。

「眠れないですか」

という声に少し会釈する。

「私が担当のナースですが、今度お会いするのは四日後になります。その頃にはもう落ち着かれているでしょう」

その説明に、なるべく笑顔でわかりましたという表情をつくってみるが、伝わったかどうかはわからない。病棟勤務のシフトの大変さを想像しながら、果たして何日この場に自分がいるのかと思ってしまう。まだ意識が戻ってから、一日も過ぎていない。夜の底は深く、そして長い。

しんしんとした空気が『羅生門』から、違う言葉を引き寄せる。脳内は中学の教室のままだ。座席に座るおかっぱ頭の私。暗誦する同級生を見つめている。

鞭声粛々夜河を過ぐ、暁に見る千兵の大牙を擁するを、遺恨十年一剣を磨す、流星光底長蛇を逸す、　※3

朗々と吟唱する声で窓ガラスが震えている。いつもはくねくねとした動きの同級生の身体の中に中心軸が見える。圧倒されている間に、先生はその言葉をすぐに板書した。耳から入るのとはまた違った威容さが迫ってきて「流星光底」という美しい漢字が記憶の底に張り付いた。そして今、病室のこの空間を「流星光底」が彷徨っている。その言葉を自分用に解釈する。

――私の脳の中に落ちた流星が、今まで見たこともない自分の記憶の底を光らせている。そこにはたくさんの言の葉たちが降り積もっている――と。「細胞に刷り込んだ言の葉たちが助けてくれる時がくる」というのは、今なのかもしれない。

動けない身体で、病室の時計の針だけを見つめるしかない今。その中で、自由になるのは自分の意識だけだ。意識の底深く埋もれていた言の葉たちが跳梁跋扈している。時計の針は遅々として進まず、古文漢文短歌や詩、小説の一節が竜巻のように舞い上がってくる。時計の針の、その時と時の間《ま》を埋めていく作業を言の葉たちと繰り返す。自分の心の字引で形をかえて踊る言の葉。

そうだ。国語の先生の言葉には続きがあった。「結局のところ、文学を理解するのは自分の中にある自分の字引によります。その字引が薄っぺらいと解釈も薄っぺらい。その字引を厚くするのが生きるということですよ」

忘れていた。記憶の底に眠っていた字引の存在。「私の字引」はどのくらいの厚さになっているのだろうか。

やっとまた時計が五時の形になる。朝が来た。長い夜だった。傍目からは動かない身体だけど、意識は眠らず稼働していた。いつも起床する時間だ。自宅で目覚めた時、最初に見えるのは本棚だ。長年愛読している様々なジャンルの本が並んでいる。

本が好きだ。だから、それに関わる仕事がしたいと勉強して、念願は叶った。けれどすぐに結婚し退職。専業主婦になり、子育てに邁進した。育児が一段落したところで、文学とは全く相反する仕事に就いた。五十七年の人生。まとめればわずか数行だ。苦手な計算や数字にあふれる職場。そこで過ごす時間が今の生活のほとんどを占める。その場に向かう自分のために、毎朝気になった背表紙の本を一冊、その日のカバンにすべり込ませる。そして、昼食の後にその本のページをめくる。そのささやかな時間の中で出会う、ささやかな気づきに付箋を貼っていく。わずかながらも更新されていく自分。そういう毎日が、当たり前のように続いていく日々だと思っていた。そういえば倒れた日は何の本をカバンに入れていたのだろうか。倒れた日の自分の記憶は戻ってこない。

病室でも朝の空気はせわしなく流れる。検温をしながら、日にちを聞かれ、手の指と足首を動かしてみてと言われる。血圧が測られ、今の気分を問われる。次々と人が出入りして、私を確認する。大丈夫だという表情を作り、しっかりしているふりをする。一通りの朝の儀式が終わり、そしてまた時計の針を見つめるだけの自分になる。

一晩明けてやっと病気について思いがいく。倒れるまでの日々は確かに忙しかった。けれど、なんの予兆もなく、くも膜下出血はやってきた。そういえば小説でよく目にした病名だ。登場人物をいきなり退場させる時の常套手段として。そういう展開の小説はずるいような気がして苦手だった。でも今ならわかる。本当に突然の退場っていうものが人生にはあり得るっていうことを。人生か、と思うとすぐに一首が浮かんできた。

人生はただ一問の質問にすぎぬと書けば二月のかもめ　寺山修司　※4

『ただ一問の質問』を突き付けられているのが人

生ならば、必ず起きる突然に常に備えていなければならないのかもしれない。そういえば、今年のお正月に読んだ本の中に、突然に備えて書かれた自筆の死亡通知書が掲載されていた。

このたび私　年　月　日　にて
この世におさらばすることになりました。
これは生前に書き置くものです。
私の意志で、葬儀・お別れ会は何もいたしません。　※5

という文章から始まる死亡通知書は周囲への配慮と優しさにあふれていて、心が動かされた。これを書いた女性詩人は享年七十九歳。一人暮らしの自宅で、くも膜下出血で倒れた。二日後、音信不通のために訪れた甥によって発見された。整然と片付けられていた部屋とこの死亡通知書。そのすべてが彼女の生き方そのものだった。すごいなと感心しつつも、自分にはできないなとやり過ごしてしまっていた。あの時の自分に、その本を読んだ時が「自分の身辺整理をしましょう」というタイミングだったと教えてやりたい。虫の知らせだったのかもしれない。そういう虫をすぐに潰してしまう自分が情けなくもあり、いかにもそれが自分らしいとも思える。

何にも備えようとしていない混沌とした私の部屋。まとまりなく置かれている書類。読みかけの本。切り抜きをしようと重ねている新聞の束。しまわれないままのセーターと出しかけた薄手の服。あー、冷蔵庫の中はどうだったかな。そう思っていると少しずつ現実の世界に感覚が戻っていく。自分の身の回りのあれこれや、頓挫している仕事の内容。思うと辛さで苦しくなるけれど、向き合うことが少しずつでき始めていた。

相変わらず動かない身体は、動かせないのか、動かさないように固定されているのかがわからない。ただただ時計の針を見つめるだけの時間が飽きることなく続いていた。『流星光底』。くも膜下出血によって、気づかされた意識の底では、言の葉たちが相変わらず乱舞する。病状が回復しているかどうかさえわからない日々を重ねた。

「明日から一般病棟に移りましょう」と言われた時はほっとするより、この先の自分の身体に起きることが不安になった。「一つの病名でも、百人いれば百通りの症状はあるのですから、自分の現状に向き合っていきましょう」という医師の言葉に背中を押された。

二週間を過ごした「私の病床六尺」からゆっくりと車椅子に身体を移す。今まで百八十度だった視界が三百六十度になる。ふわっとする視界でそのベッドを見つめる。寝食のすべてがここだった。検査以外離れることなく過ごした時間。その時間が長いのか短いのかはわからない。身体の一部と化した壁の時計は、何の変哲もないフォルムをしていた。

時計の針を見つめるだけの空洞のようなこの身体の中で、乱舞していた言の葉たちがよみがえる。過去の自分が、未来への自分へ、言の葉を送ってくれている。つながっていく時の間《ま》。ここで終わらなかったんだ、次へすすめる。

病室は八階だった。ドアを開け、入った瞬間に空が飛び込んできた。突き抜けるような青さ、その中にうっすらと紫色が感じられる。雨がひそかに近づいているのかもしれない。季節が自分の中に戻ってきた。

ベッド脇の椅子に茶色の旅行用カバンと紙袋が置かれていた。ナースに開いてもらうと、家族が用意してくれた身の回りのものがきっちりと収められていた。紙袋には新聞と見慣れた書店の青い袋。あたりまえの生活の入り口がさあーと開かれた。ここにはテレビもパソコンも携帯電話もある。けれどすぐには画面を見る気にはならなかった。一人になってゆっくりと空を見つめる。刻々と変わりゆく色。夕闇が深さを増してもブラインドは下ろさなかった。

枕元にあるスタンドをつけ、静かになった病室で書店の青い袋から本を取り出した。そこには、初めてみる新刊の小説『流浪の月』と付箋だらけの少しくたびれた文庫本。

そうだ。この本だ。倒れた日の朝選んだのは。『茨木のり子集　言の葉2』。東京から帰省している娘が気づいて荷物に入れてくれたのだろう。

月日をかけて貼り続け、夥しい数となったカラフルな付箋が本からはみ出している。気になる箇所に付箋を貼り、後でノートに書き出すことが日課になっていた。特に目的はなかったけれど、それは「私の字引」に厚みを持たせるための作業だったのかもしれない。その厚みによって「人生の一問」も人それぞれに違う意味を持つのだろう。同じ病名でも一人一人後遺症が違うように。

今はただ真摯に自分と向き合っていくしかない。私の意識の底には夥しい数の言の葉が降り積もり、目には見えないけれど深く堆積していた。脳の中に落ちた流星が光らせ、気づかせてくれた意識の底。これからもそこには言の葉たちが降り積もっていくだろう。

柔らかくなっている表紙の本を手にとり、空色の付箋が貼られているページを選ぶ。深呼吸一つ。そしてやさしくページを開いた。

引用文献

※1　茨木のり子『茨木のり子集 言の葉　2』筑摩書房（二〇一〇）

※2　芥川龍之介『日本現代文學全集56　芥川龍之介集』講談社（一九八〇）

※3　久保田啓一・櫻井武次郎・越後敬子・倉田喜弘『和歌 俳句 歌謡 音曲集　新 日本古典文学大系 明治編　4』岩波書店（二〇〇三）

※4　寺山修司『寺山修司全歌集』講談社（二〇一一）

※5　茨木のり子『茨木のり子の家』平凡社（二〇一〇）

現代詩

■佳作

願い

森本　恭子

見慣れたはずの景色をずっと眺めている
静かな光が窓ガラスに反射して
ぐらつきかけた私の気持ちは
少しだけ弾みがつきそうな気がした

私は母の定位置だった居間に座り
洗濯物の山から一枚ずつ畳んでいく
タオルから肌着まで順に畳み終えると
ハンカチとシャツにアイロンをかける

人気のないひんやり冷えた部屋は
哀しい色の空気が漂い
西へ傾きかけた太陽はそっと
カーテン越しに光と影を投げかける

病室へ洗濯物の紙袋を持って行くと
母が不自由な手をかばいながら
左手で雑誌の頁をめくっていた
ひと回り小さくなった姿でベッドに座り
真剣な眼差しで文字を追っている
また近いうちに来るよと手を振ると
口元に笑みを浮かべて深く頷いた

ねぇ　神様　母を元に戻してください
私は叶うことをひたすら信じて
朝昼晩　毎日手を合わせて拝んでいる
私の心の内に存在する神様に
母が我が家で普通の生活ができること

ただ　それだけを望んでも
現実にならないのがもどかしい

今　花冷えの闇の中で
私は　視線を遠くへ投げかける
母が入院中できたことを見つけては
急いでシャッターを押して脳裏に残す
それは多分　子供の頃の遠い記憶と同じ
日々の隙間にとりこぼした
小さなかたちを掬い取ろうとしている
ようやく聞こえた優しい和音に目を閉じる
病院を出て見上げた空は淡い春色
陽気でおしゃべりだった母がふと蘇った

家路

私が漕ぐ舟は大きく　そして

背負いきれないほどの不安と重圧がある
額から流れる汗を拭うこともなく
迷わずひたむきに漕ぎ続ける
オールを力いっぱい握っても
波にからまり　なかなか前進しない

あの日　母からすべてを託され
「今日から　あなたが船頭だよ」と
その言葉を　切なく悲しい気持ちで聞く
時は待ってほしくても　待ってはくれず
母を失望させはしないか不安なまま
不慣れな私の手に委ねられた

今まで漠然と生きてきた私ではなく
漕ぎ手として　新たな世界を切り開く
荒波を避け　穏やかな航路を探し
安全な場所へ辿り着くまで
全身で守り進んでいくのだ

試練の中で心が磨耗していくと
わだかまりを　水で洗い流すように
頭の中がザワザワ音をたて始めた
そうだ　私は孤独の世界へ
投げ出されてしまったわけではない

汗ばんだ肌に細く流れる風が心地よい
ようやく名もなき島に辿り着いたとき
浜辺に丸い背中の老夫婦が二人
静寂さが彼らを包み込む
他に行き場所があるはずもない私を
彼らは優しい光を身に受けながら
温かく懐かしい眼差しで見返して
つられた私も小さく笑う

ふと心が沈んだ日は　なぜか
不思議な絆の呼び声に気づかされる

畏敬と謝恩の念が混在するなか
もう晴れることはないと思っていた空に
大きな虹がかかっていた

今

大好きな趣味に没頭できる空間で
休日　ひとり集中する至福の時間
次第に　意欲が湧いてくると
もっと極めたい　仲間に認められたい
その心意気でひたすら励んだ

たった一度きりの人生は
深く長い時間に繋がっていく
一生のうちで優先順位は
時の流れとともに移り変わり
それでも　私の日常は趣味が一番で

今のまま変化しないだろうと
あの日までずっと信じていた

歳を重ねて容赦なく押し寄せる
責任や重圧　そして様々な役割
作品が展示され表彰されることを
誰よりも喜び誉めてくれた母が倒れ
失った物の大きさに気づいたとき
人生の優先順位は　あっけなく崩れた
今　何を大切にするべきか
何に重きを置いて　生活するべきか
目的を見失い　足を囚われる前に
別の世界との出会いが始まり
この道を引き返せないと悟った

抜け殻と化した部屋はほの暗く
無我夢中で描いた頃の気配だけ残り
私の心は固まることのない

ゼリーのように　不確定に
ゆらゆら揺れながら
色褪せたまま錆びついていった

なぜこんなに苦しいのか　自分に尋ね
欲しいものが手に入らないからと
そう自分で答えて納得する　そして
変化する人生の輪郭を受け入れて
何でもできた恵まれた時間が
何かをしてあげる新たな時間に変わる時
私の作品は部屋いっぱいに花開くのだ

■佳　作

たけだ　りえ

夜（家族を壊す病）

積み重なった荷物
その上に毎日積もっていく塵
埋もれていく生活
娘の顔も　見えなくなっていく
見えなくなっていることにも気づかないまま

見えなくなっても脳は
元気な姿を映し出してくるから
まだあの子はここにいるような錯覚を起こす
私の胸は締め付けられ
取り戻せるような希望が芽生える

ぼんやりとした輪郭に向かって
ご飯を食べてと迫る
影は水素爆発のように一瞬で膨らんで
食卓は地獄絵図になる

いつからそこにあるのかわからない花瓶
汚れたまま割れた皿
詰まった排水
のどを通ることのなかった　まだ食べられるものたちは
ビニル袋に包まれて焼却される運命だったのだ
その煙が大気中に散り散りに広がって
また風に乗って誰かの胸に吸い込まれるのだろう

ご飯が食べられない娘を
どうにかしなければ！
誰よりも理解して

苦しみに寄り添って
励まして回復の道をなんとか！

焦れば焦るほど
心は焼け焦げ
炭化した幹だけが棒のように立っている
ため息ひとつで崩れ落ちそうになる
家族という物語に幕が下りるような
そんな夜ばかりが毎日やってくる

朝が食べられない
昼もどうもなかなか難しい
夜は混乱の中でなんとか食べるけれど……
一口を運んで唇に触れるか触れないか
まさに今！
狂気の叫びが鼓膜を突き抜ける

食べるくらいなら死んだほうがマシ！
死にたい！死にたい！
死にたい！死にたいっ！……

白い壁から跳ね返って
残響が何度も頭のなかの鏡を割っていく
左胸に訳のわからない痛みが走って
それでも鼓動は打ち続けている

耳を塞いでも聞こえてくる　苦しみの吐露
私だけじゃない
本人はもっと苦しんでいるんだ
そんなふうに思えるまでにも時間がかかる

食べないと死んでしまう
自然の摂理にあらがうことはできない
食べないと死んでしまう
なんとか食べさせなくては！

泣いて脅して謝って迫ったところで
食べられるほど病気は甘くない
むしろ苦しめてしまっている
苦しめたくないのに

食べないと死んでしまう
なんとか食べてほしい
食べやすいものでいいから
なんでもいいから食べてほしい

言えば言うほど苦しめる
言わずにそっと過ごす
それが簡単にはできない

一人では食べられない
一人分の食事量がわからないから
一緒に食べるけれど
一緒に食べるから苦しい状況になる

そっちの方が少ない
こっちの方が多い
こんなに食べられない
それは無理！

もめて食べられない結末は避けたい
だからといって
減らしていいよとは言えない
食べなくていいよとは言えない

これが一人分だよ
多くないよ
食べても太ったりしないよ
大丈夫だよ

伝え方を工夫する
食べてほしい気持ちを抑える

焦ってしまいそうになる自分を抑える
それで食べてくれるわけではないけれど

明けない夜はない——
歌詞がこんなにも胸に響かないものなのだと知る
カウンセラーは無闇に励ましたりしないけれど
どんなトンネルにも必ず出口があると言っていたな
でもこれは穴なんじゃないだろうか？
このまま登ることも
どこかに掘り進めることもできないままの
単純な穴
息が詰まる閉塞的な穴
上も下も　前も後ろも　わからない闇
腕にあたる土がざらついて冷たくて
どのくらいの深さかわからないけれど
落ちた拍子にきっとぶつけたのだ
どこもかしこも痛くてたまらない
もう立つこともできない

一人きりで
どうしたらいいのかもわからない
泣きたくて
お母さんって言いたくなる……

あの子もこんな気持ちなのかな

朝（生きるための病）

疲れきっていつのまにか寝て
何度も目が覚めて
喉が乾いて
息が苦しい
また朝が来てしまった
一日が重くのしかかる

カーテンを半分開く
昨日の反省を今日もくりかえすかもしれない恐怖
学習しない馬鹿な自分
でも　じゃあ
誰があの子にご飯を食べさせてくれるの？

医者は落ち着いて話す
私も落ち着いて話す
ちゃんと洗濯した服を着て
嫌がる子をなんとか連れて行って
状況を冷静に分析している
でもたまらない想いも飛び出して
そんなことはきっとよくあることなのだ
ドクターは娘の話も
母親の話もよく聴いて
的確な導きを渡してくれる
一人ではやれない
だからこうして治療に来ることには意味がある

理解しにくい病状の理解のための問いかけ
入院の話
自宅療法の話
体重の測定値
血液検査　尿検査
数値的になんとか生きられている安心を得る
同時に崖っぷちの事実も受け取らなくてはならない

点滴に暴れる娘
ぽとぽと　一滴ずつ時間をかけて入れていっても
お茶碗一杯くらいのエネルギーなのに
異物を摂り入れるかのように震えて
激しく抵抗する

処方された液体栄養剤がご飯
口から入れられなくなれば
鼻から入れるしかなくなる

どこにでもいるようなフツーの
真面目な子がなりやすい病気
きっかけはそこかしこに転がっている

スポットライトを浴びて人形のように踊るアイドルやダイエットの話題
痩せていることが美しいというルッキズム
デブという言葉の持つ侮蔑感

偶然見た番組に吐き気がする
高校生モデルが編集長からプロ意識を叱責され
一週間で五キロ落として達成感に喜んでいるドキュメントだった
何が成功で何が幸せなのかわからなくなる
この病気のきっかけになりうる姿が平然と放映されている

細く加工された雑誌やSNSの画像
ダイエットを賞賛するCMや配信動画の再生数の多さ！
思春期に身体が変化することはみんな知っているけれど
肉付きがよくなっていくことに戸惑う心をどうしたらいいか誰も教えない

そのままでは美しくない？
痩せなくちゃ綺麗じゃない？
歪んだ美意識が純粋な子どもを蝕んでいる

みんなに置いていかれる！
何気ないダイエットが始まって
真面目すぎるが故に真面目に取り組み
超がつくほど真面目に転がり落ちていく
自分ではもう止められない

食糧難で喘ぐ国にはない病気
人もものも平和に溢れているのに
食べないことで得る安心を糧に生きている

フツーの人間なのに
フツーに食べるということができない
食べること以外フツーの人間なのに
食べることができるフツーの人にはわかってもらえない

食べることがこわい
死んだほうがマシだと思うほどの食への恐怖
折れそうなほど細いのに
太っていると思うボディイメージの歪み
家族も他人も自分のことを太っていると思っているに違いないと信じて
不安でたまらなくなる気持ち
もっともっと痩せなきゃいけないという強迫観念……

スーパーで惣菜を前に選べずに泣いている娘と
その横に立つ私を
何事だろうと訝しがる目線が包む
私たちは小さくなる
今にも波に攫われそうな小島にいるような
喉が詰まって呻き声も出せないような

誰にも言えなくて一人で抱えて闘っている人
食べ吐きをくりかえして歯がボロボロになる人
抑えきれず食べものを窃盗する人
学校や職場に行けなくなり引きこもる人
追い詰められて自死を選んでしまう人
一家離散になる人
食べられなくて心臓が止まってしまう人

複雑な症状のバリエーション
特効薬はない
長期的な治療
治る日が来るのかわからなくなる毎日の食事の時間

あぁーお腹空いたー！
おかあさん、今日のご飯なにー？
我が家に　その声は響かない

夜（ふたたび朝へ）

本を読み
料理をして
花に水をやり
布団に入って眠る
ほんの小さなことから一つひとつ
生活を取り戻していく作業
白線を確かめながら歩き
暮らしの歪みを正していく

家族とはなんだったのだろうか
一瞬一瞬が今につながっていて
その確かにあった情景が
シャボン玉のように次々に浮かんでは消える
理想としてきた形が思い出せなくて
思い出そうとしてみても
封緘された手紙のように中身はわからない

時計の針が重なるころ
ジョーロに水を溜めていく
ずっしりと重い水のかたまり
シャーッとシャワーの降り注ぐ音が葉の上に響く
その軽さに私は驚く
暗闇に広がっていく水の音

ギボウシのてのひら
オキザリスの幸せそうなほお
ニチニチソウのぱちぱち開くひとみ
ポリゴナムの小さな髪飾り

ここにいる自分の半径が狭くなったような
もっと大きなものに包まれているような感覚になる
土の匂いが増して
ふと光に気づく
星が広がっている

一等星　二等星　三等星
もっともっと微かな光でさえも映し出している
こんな世界が頭上に展開していたのか！
私のなかに懐かしい風が吹く

透明の鉛が詰まって
息ができないんじゃないかと
必死で息を吸う
手足が痺れて
頭がくらくらして
訳がわからなくなって
それでもまた自分を取り戻す
そういう夜を何度も何度も重ねて
夜も　朝も
こわいものではなくなってきた

生きるための病ならば
手放さなくていいのではないか
苦しいのは確かに苦しいのだけれど
将来に不安がないと言えば嘘になるけれど
病気じゃなくても未来なんか不安だ
今　彼女が生きていることがすべてで
大切にしているものならば
強制的に取り上げなくていいのではないか

死にそうになりながら
必死で生きようとしているのだから
このどうしようもない矛盾を抱えながら
一緒にいよう

流しを片付け
三合のお米を研いで
コンロや床まわりを拭く
明日の朝食のイメージをする

一汁三菜って豪華すぎてまぶしい
まずは一歩ずつ
一汁一菜から
目をつむると
お味噌汁の香りが広がる

■準佳作

真夏の夜のうた寝

大島　武士

僕は一人で女性を待っている
彼女は時間通りにやってこない
一人で静かに月を見上げて
秋風の匂いにやられちまったら
僕は思春期から抜け出せない

地上に視線を落としてみると
小さな猫が植物に見えた
鳩は小瓶に

いったい僕は　何に変わっているのだろう

僕は一人であの娘を待っている
彼女は時間を過ぎてもやってこない
一人で静かに風をさらって
夕暮れの中で黄昏ちまったら
僕は思春期から逃れられない

地上に視線を落としてみると
君は壁に咲く花になっていた
鳩は小瓶に
いったい僕は　何に変わっているのだろう

逃れられない　逃れられない
思春期からはきっと逃れられない

過眠症

7年前もこの歌のリズムに乗って踊っていた
一本の線路により僕らは遮られてゆく

キリストの瞳が
悲しみに暮れているのと同じ理由
猫に背筋を伸ばせと言っているようなもの

この部屋の時計は3つとも狂っている

神様は腕時計を外したまんま

僕らの身体全ては綺麗な水

幼い日
旅行に行った日　父の車の匂い

追われてはいけない　追いかけるんだ
悲しい歌を聴きたくなかった
あの日の気持ちをきっと忘れない

悲しみに襲われそうなら
喜びにみちた音楽でその部屋を満たすんだ

あの日の流行歌はもう遠くへ行ってしまった

乱雑に並べられた本棚に
ある種の美しさを感じたなら

熱い液体がこぼれ落ちても
何も叫ばず言葉を放て

プラネタリウムでボーとしたい

優しさが蘇った夜から　数日が立ち
星の見えない星空を眺めていた

星のない星空に星座を作っていった
電車で向かい合ったコリアン夫婦の
胸元に見とれ

小さな画面を僕は余り見なくなって

真夜中の滑り台で逆上がりして
空想の映画館に通っていた

幾ら本を読んでも言葉の意味など
ページからこぼれ落ちてしまうから

誰かの名前をマントラにして
君をノートに書き留めるよ
優しさよ　お久しぶり　有難う

■準佳作

しおり

杌田　未織

つづきが知りたくて
生まれてきた
あの続きが在ると思って
生まれてきた
しおり糸をはさんだページが
どこだかわからず
わたしは探していた
どんな物語だったか忘れてしまって
途方に暮れる

図書館の地下室　誰にも読まれないまま消えていくページ

あなたが生まれた
全ての始まりだとしか思えない
あなたが生まれた
「まっさらなページに新しいペンで　聞いたこともない新しい国の言葉で
すてきな何かを綴るのは　あなた」
わたしはいつかの温かな夕べ
確かにそんなことを書いた
どこからでも開けるような使い古しの日記帳
昨日の続きでしかない今日と　今日の続きでしかない明日の
間に挟んだしおり糸は
風に吹かれはらはらと外れる
はさんだページはもうどこだかわからない
どの日も同じ
どの日も同じ

そうしていつかあなたは言う

わたしより随分と背丈の高いあなたは言う
わたしは続きが知りたくて生まれてきたんだ

望遠鏡

冷蔵庫のなかで
温度調節のつまみを回しながら
溶けていく豚肉
どう調理しようか
考えるうちに眠くなるお風呂場の湯気
夜中に起きて
窓を開ける焼きたてのパン

いくつものお皿が流しに積みあがり
ラップの芯は疲れて横たわる
あんなに働いた日々
永久凍土と化した料理は

やがて
新種の鉱石になる

発見者は誰でしょう
ラップの芯が望遠鏡になれる日
冷たい朝日が昇ります
せめて料理だけは
温かく　温かく

さがしつづける

わたしがするこの取り返しのつかない行為
床一面に広げた新しい生地に鋏を入れる
型紙のかたちの布と　それ以外
切り離して
中表に縫いつなげて裏返し出来上がった
かたち

わたしがした取り返しのつかない行為
まだいないあなたのために裏と表を作り出してしまったこの行為
さっきまで
うら
なんて存在しなかった世界
あなたのかたちのうらおもて
さっきまでこんなことで悩まなかった
まだいないあなたのための
いつか生まれるはずだったあなたのための
かたち
それは世界のかたち
「世界って　作れるの」
小さなころ　母の膝の上で聞いたこと
仕立てたばかりの大き過ぎる服はもぐりこんだわたしを消し去る
「あら　いなくなったわ　こっちの世界には」そこはおもてだろうか
うらだろうか
服を着る時に気に留めるいくつもの方向を順番に反芻する
おもて、うら、まえ、うしろ

「ここにいるよ」
声は自分に反響し
ただぼわぼわと体温を上げるだけ
もういないと言われた自分のおもてもうらもなしになる
おもてもうらも　いるもいないも
わたしは急いで服を脱いだ
裏返しになって横たわる世界
それはもしかしたらまた取り返しがつかない
すてきな服を
つくるのはわたし
あなたを探し続ける
わたし

短歌

■入　選

戦ぐ向日葵

宮本　加代子

ひぐらしの声に目覚めし終戦日　あの夏の日の祖父の慟哭

白壁を黒く塗りたるわが生家ところどころに白壁のこり

逃げこみし防空壕のくらやみに祖父母と母とわれとにはとり

もはやなき防空壕のありし場所ひまはりの咲く花壇になりぬ

こんなにも美しき夕焼けこの空のつづきの戦火をにげまどふ子ら

リュック背に泣いて叫んで幼子がたったひとりで戦下さまよふ

国花なるひまはりの種を未だ稚なきロシアの兵にキエフの少女は

いく万の兵ねむりたる十字架の上をミサイルとびこえて行く

どこまでもひまはり戦《そよ》ぐウクライナ少女唄へど戦《いくさ》は止まず

かくなるはジェームズ・ボンドに託さんか害獣めきゆくロシアのプーチン

■準佳作

花氷を抱いて眠る

彩瀬　律

ぱちぱちと爪を切る度捨てていく君をつくった暗い記憶を
砕かれた君の欠片は朝焼けの海を今頃漂っている
ただ花を捧げたかった君のもつ内なる海にそのかなしみに

神宿す君の指先放つ音それが世界のすべてだったら

しゃぼん玉飛ばして撮った動画から二人の声は消えることなく

彼岸花腕に咲かせて笑む君は宵の温度に溶けてしまって

自らに折った折紙白百合を献花に君は屋上目指す

もう並び歩けぬようだ水音を共有できぬ君とは決して

ベンチから立ち上がれない君行きのバスなどないと分かっていても

晩夏にて眠りし君は花氷しゃぼん玉には僕だけ映る

■準佳作

摘粒

齊藤　博嗣

マスカットの堅き芽わづかに膨らみぬ目には見えねど動きゐるらし

展葉の四、五枚なるを見とどけて十六キロの噴霧器背負ふ

新梢《しんせう》を軽くねぢれば指先にピチと伝はる枝のねぢれが

間隔をとりつつ枝を誘引す光合成の盛んになれと

まだ小さき葡萄の花穂《くわすい》わづかにも伸びてゐるらし日ごと夜ごとに

マスカットの満開なるを見きはめて今が適期とするジベレリン処理

この粒を摘んでと房が言つてゐるやうに思へて妻に話しぬ

夏真昼容《かたち》よき葡萄を頭《づ》に描き百千の房の摘粒《てきりふ》に汗

摘粒を終へて憩へば啼く鳥のこゑ遠のきてせまる夕暮れ

かがよひて連なるシャインマスカットの見栄えよろしき房の豊かさ

■準佳作

二〇二二・〇二・二四 ―それから―

古家野　久子

一国が一時ほどで崩れゆく映画のやうな　これは現実

春をまつ芽立ちもあらむに首都キーウに装甲車つづく延々とつづく

道路まで飛ばされしクマの縫ひぐるみ坊やは無事にゐるのだらうか

足をひき猫が瓦礫に捜してるおぢいさんのお膝ひなたぼこのお膝

あの窓もこちらの窓も人が住み「おはやう元気」と言ひかはしゐき

各国が国防予算をひきあげて不信はさらなる不信をまねく

マリウポリつひに陥落せし夕べ地を這ふやうに赤き月出づ

抑へこむ力は強き反撥を生みて果てなき戦となりぬ

かるがると鳥らは越えてゆくものを国境といふ重き桎梏

ひたすらに向日葵は咲く幾万の御霊に捧ぐ鎮魂のうた

■準佳作

母の鏡に

信安　淳子

春休みは髭を剃らない宣言の吾子はたびたび鏡を覗く

保育士の娘の結ぶ黒髪は朝の鏡に清しかりけり

みどり児は豊かに眠り初夏の鏡の中に風のカーテン

姿見に泳ぐ金魚の浴衣から十二の吾子のくるぶし尖る

助手席に金婚式の贈り物カーブミラーにコスモス揺れる

実り待つ稲に朝露かがやきて五重塔の逆さに映る

湖は山の手鏡くきやかに紅葉映し静かに暮れる

逆向きの時計と我と美容師を映す鏡に冬の雨降る

病室の父の枕に添ふごとく寝転ぶ猫の手鏡ありき

してあげられなかつたことのあれやこれ春のほこりは母の鏡に

■準佳作

列車が過る

藤本　孝子

日没前の町が一瞬明るみて病室に佇つわれもかがやく

眠られずベッドにをれば真夜中の町を列車が過ぎてゆく音

ちしやの葉のフリルの優しさ思ひをり痛みの徐々に増し来る夜を

明々と灯すナースステーション死者の履歴書読むもゐるらむ

点滴に繋がれ老いし羊のやうにまどろみてゐる病むはつ秋に

遠ざかる列車の光まな裏に過去へ過去へとわれは溶けゆく

「シャンパンを抜いて」と叫んで目覚めをりここでもひとりまだ夜は明けぬ

霧の中を意志あるごとく待ちてゐし一番電車が今し発ちゆく

霧晴れて眩き九月の日曜日どこへもゆけず誰にも逢へず

秋空へ電動ベッドを起こしたり生きて今あることのうれしさ

■準佳作

平和の鐘

松本　ルリ子

平和の鐘の余韻の中にて黙祷す平和記念式の人等に合はせ

十二歳の「平和への誓い」の宣言を無にしてはなるまじ心して聞け

立秋を過ぐるや集く虫の音が秋を告げゐる熱帯夜なれど

梵鐘が徴発されし日の写真に二歳のわれも写りてをりぬ

「戦争が終わってよかった」と終戦の日に母は言ひ窘められしとぞ

梵鐘が再び寺に戻りしは四半世紀も後のことなり

己が咎と父は思ひ做しゐしかぽつりと一言「終わった」と言ひき

行き暮れて一夜の宿を請ふ人の時に訪れる山寺なりき

「清貧」と言はるる父を「けちんぼ」と戦後生まれの妹は言ふ

何時かしら山椒の実の赤らみてつんつんつつく雉鳩がゐる

■準佳作

アイデンティティを紡ぐ

山河　初實

英語では special needs school と表記されおり次の学校

古語辞典、文法書など箱に詰め、帽子とジャージ、スニーカー買う

真新しき机にマークするように茶渋のついたマグをそと置く

はっきりと拒否の心を表して泣く子叩く子地蔵になる子

病休も線上のただ一点と思えばすこし安らかになる

復職にさめざめと泣くわたくしの涙となあれポカリスエット

吐き気止め抗うつ剤に眠剤を働くために飲まざるを得ず

わたくしのアイデンティティを保つため三十一文字を紡ぐ通勤

「ほら、ちょうちょ」淡海に石を投げるように言葉をかける朝の散歩に

世の中は無線のつながり多くあり今引くこの手、有線である

■準佳作

重責

吉尾　光昭

駆けつけし吾に画像を見せながら妻の容態脳外科医語る

麻痺あれど記憶と言語に残りゐる確かな機能は明日への光

病室の窓に手を振るマスクの妻を路上に見上げ手を振り返す

退院は半身麻痺のままなれど自宅で暮らすが二人の願ひ

肌衣《ぎぬ》を着せやる妻の小さきに入院暮らしの不憫をしのぶ

紙パンツの上げ降ろしすら片手では中のパッドが片方にずる

片腕にマジックハンド操りてソックスを履く妻の執念

吾の作る食事はいつも「美味しい」と　言葉の裏に〈負ひ目〉が滲む

デイ・ケアに出かくる妻を見送れば家事と農事が時間取り合ふ

ひとりでは暮らせぬ身体の妻残し先には逝けぬと背負ふ重責

■準佳作

折々に

山﨑　佳奈子

ころぶのは人間のみときかされて納得してゐる頭がおもい

肩に力を入れずに生きよう夕映えは公園に散る枯葉も照らす

ゆるやかにカーブの続く吉備路行く古墳の下には菜花の咲いて

だからと言ってあれが夢とは思へないかすかに残るアロマの香り

のうぜんかずらにまとひつかれてもみの樹のあらがひがたくかすかに揺るる

思ひがけぬ御礼の品に失ふは言葉はもとより後悔の心

上昇気流にのりてふうはりとびたてりあさぎまだらの無理せぬ姿

開きっぱなしの耳にきこえる救急車のサイレンは不幸の始まりを告ぐ

執着心がたりぬと思ふ夕暮のベランダに楠の落葉がつもる

相槌をうって欲しくて話しかける亡母の遺影は微笑むばかり

■準佳作

日々

斎藤　敬子

雪降れば雪見酒よと友を呼び酒酌む夫も遥かとなりぬ

友を呼び雪見障子を開け広げ酒酌みし夫逝きて十五年

酒酌みて政治を語る夫と友未だに我はその中に居る

隠居家に一人籠れば静寂を破るがに聞く我が打つ手鍬

吹く風も淡き陽射しもさえずりも背戸庭にあり我はふき煮る

三回目のワクチン終えて戻る道宙ぶらりんに昼の半月

我なりの折合いつけて目の前の稲穂出揃う圃場を見放く

風吹けば時に稲穂はさわだちを見せて瑞々田圃が広し

庭掃除終えたよ誰か来ないかな清けき跡の庭ふり向きて

枯色に染まり切らずに葉を降らす桜の無念朝ごとに掃く

俳句

■入選

向日葵

花房　典子

鳥帰るロシア人形あどけなし

彼の国に繋がる海や二重虹

山鳴りのごとビル破壊さる溽暑

ひまはりや高い高いの嬰光る

向日葵の裏側火薬にほひけり

空爆の痕跡深しあきつ飛ぶ

髪洗ふ空爆といふ虚しさに

阿と吽の炎暑しづもる読経かな

ひまはりや青と黄色の鶴折りて

向日葵は平和の花押たかく濃く

■準佳作

修正液

渡辺　悦古

雲の峰バケツを叩く尾鰭かな

人形の胴の空っぽ白い秋

捨つる前何をたしかむ単帯

転びたる顔蟋蟀に見られをり
生き足らず袋を縫うてゐる夜長
吉備山河夜空を張りて雁を待つ
貝殻はどれも片方いわし雲
山河濃し秋冷到る壺の白
短日や修正液を買ひにゆく
姿見の奥へ奥へと帰る雁

■準佳作

仕事のつづき

米元　ひとみ

ひんやりと大島紬街若葉

メーデーや細々と吾は自由業

晒てふ優しき白を縫ふ梅雨入

白南風の広縁に裁つタイシルク

黒といふ透けてよき色夏羽織

和服着て男の歩幅涼しかり

湯あがりに仕事のつづき夜の秋

絹を裁つ窓に来もして銀やんま

縫ひさしを色なき風に吊るしけり

縫ひあげて楽器ちらしの秋袷

■準佳作

ジャスミンティー

田中　立花

ふくだめる軍人手牒麦の秋

ががんぼや薄き鉛筆文字乱れ

左肩下がりの親子月見草

どちらともなく口を切る古団扇

水鶏啼く遠き水田に星は降り

白南風やジャスミンティーの葉の開き

菩提寺の行儀よき子や浮人形

顔知らぬ親戚のゐて遠郭公

漆喰の壁に日の差す昼寝覚

ひねもすをラジオと暮らす終戦日

■準佳作

暮るるまで

秋岡　朝子

春の水ぶつかり合うて脹らめり

花の夜の舌で遊ばす鯛の鯛

そこだけに木もれ日射して烏瓜

引いてゆく波を見てゐるハンモック

新涼やはっぴの列に加はりて

沢蟹は日向の裏へ水澄めり

苦瓜の苦さぶつぶつぶつぶら下がり

赤とんぼ砂場に砂の山三つ

みづうみへ夕日が溶けて法師蝉

暮るるまで鼻歌まじり草むしり

■準佳作

蝉の声

岡田　邦男

日本が水で繋がる植田かな

明滅にほどよき暗さ初蛍

静かなる系譜を守り蝸牛

はじめから終の住処や蝸牛

蟬の声遠のいてゆく座禅かな

慰むる言葉はいらず水中花

ショーペンハウアーも仏陀も蟻の道

蟻の列道ある如く曲がりをり

向日葵や光の裏に影のあり

櫓は妻に預けて行かむ天の川

■準佳作

屋根並ぶ

萩原　登

鳴り響く風鈴津山駅へ下車
背中の子いつしか眠る若葉道
被災地に確かな実り麦の秋

百日紅伊根の舟屋に屋根並ぶ

東京へ馴染みたる子や盆踊り

風の盆逢ひたき貌は朧なり

鵙日和亡妻が使ひし車椅子

虫かごを見せ合ひ声を弾ませぬ

秋風やチャイナドレスで二胡奏で

手の平を開きて見せる年の豆

■準佳作

八月

小西 瞬夏

少年の口笛が哭く夏の空

八月や時を刻めぬ砂時計

蟇の夜天井板のまたゆるぶ

ひぐらしや白き封筒手で破り
小さき鳥ほどのサンダルの捨ててある
傍らに夏蚕のごとくをりにけり
茅の輪潜り青僧の太き首
朝顔の蔓絡みあふひとところ
サーカスのライオン動かざる盛夏
蝉の屍のまだあたたかきところかな

■準佳作

風ばかり

渡辺　牛二

薄氷の気づけば消えて行くところ

猫一匹人間二人春炬燵

電線に燕厨に妻の声

旋回の高所作業車養花天

四度目のワクチン話万愚節

初夏の空に大きく軍用機

窓開けて組合事務所柿若葉

花は葉に三鬼の城の風ばかり

万緑を映す鏡の中に顔

桜桃忌ポケットに鍵確かむる

■準佳作

十三夜

高月　凱美

夕茜葛の花より水の音

十三夜家路の坂を惜しみつつ

手の届くやうな白雲草萌ゆる

日溜りに一人の刻を水仙花

初蝶の消ゆる先まで見送りし

背戸の藪夕鶯の声澄めり

十薬の花にうもれし石の臼

風湧いて青田に夕日残りをり

山鳩の声のくぐもり盛夏くる

山からの風の匂ひや今朝の秋

■準佳作

春惜しむ

高木　幸子

春嶺の行き着くところまで行かむ

すり減りし石段一歩づつに春

峯入りや締め直したる草鞋紐

山笑ふ輪袈裟這ひゆくかづら坂

囀りのまつすぐ届く行者道

春寒し鎖の岩を立ちのぼる

堂縁に座すや眼下の春の海

馬の背に続く牛の背山すみれ

日永し下山の脚のおぼつかな

三徳山一礼をして春惜しむ

川柳

■入選

荒野

藤井　智史

家系図の一番下にある荒野
自然妊娠に拘ったすっぽん
産科から徒歩一分ＩＶＦ

元気ですカボチャの種はたんとある

電池切れ妻の婦人体温計

口だけは祝う親友の出産

親子連れ見ると心につむじ風

酒臭いところに寄らぬ鸛

三割負担不妊治療の味方

シャーレにて交わる新しき命

■準佳作

七色《なないろ》の尻尾

東槇　ますみ

あいまいな態度尻尾に叱られる

振り返るたびに尻尾が増えてくる

寝て起きて食べて尻尾はもういらぬ

百均の尻尾うっかり侮れぬ
踏まれたらすぐ取り替えている尻尾
肩書の取れた尻尾がよく笑う
てっぺんの椅子に尻尾が干してある
尻尾から昭和の色が消えていく
旅終えて素顔になってくる尻尾
七色の尻尾上手に使いきる

■準佳作

ゲルニカ

坪井　新

戦争がテレビに入り込んで来る

チーズパン同じ地球に戦火の子

ミサイルの瓦礫の下の声の闇

散り散りにゆがむゲルニカ蘇る

大輪の花火によぎる焼夷弾

戦争が悲しみを増す無言館

停戦の黙祷捧ぐウォーキング

若い日に引いた傍線　第９条

戦友の２世同士の年賀状

語り継ぐちちははのこと黒い雨

■準佳作

構築－A

永見　心咲

崩すのを前提にして組む積木
足し算の連続なんと幸せな
構築－Aこれは会心作である

入れ物は出来たが愛が埋まらない

生き方に正解なんて無いと知る

軋みだしゼロに返せと叫ぶA

安っぽい売り言葉など買わぬ喉

前提を言い訳にした回帰線

自分には見えぬ出口を知る他人

ミニチュアの牙城に沈みゆく夕陽

■準佳作

罪ですよ

萩原　節子

期待度を膨らます音ピンヒール
電話待つ若さ儚い夢時間
好きな本「野菊の墓」は何とピュア

君の名を検索すれば辿り着く

相聞歌モデルは誰と探られる

赤い糸忘れ形見は二人の子

還暦を過ぎた時計は進み気味

恋文は煙りに指輪だけ残す

正直な手鏡これは罪ですよ

もう指輪外して明日を探そうか

■準佳作

蛍追う

三沢　正恵

人の世の過客なりけり日記つけ

鰯でも鯖でもよろし独りなら

布団でて布団にはいるだけの日々

死ねという死ぬなともいう外野席

天国へ続く近道遠まわり

身の丈の夢です少し丈伸ばし

道草を一生食うて腹ふくる

夏祓い大それた願かけてみる

自由ですだけど不自由永らえて

蛍追う口あけて追うそんな日も

■準佳作

団塊の呟き

宮本　信吉

赦そういう気にさせた空の青

古希過ぎて妻に上げたい感謝状

正論が沁み着いている縄のれん

消しゴムで消せない過去が疼き出す

昔なら痛くなかったかすり傷

独り居の夕餉を仕切る電子音

喜びのため涙は溜《た》めておく

もう一人の自分が映る三面鏡

脇役で通し人生四コマ目

団塊の世代の坂は急になる

■準佳作

ふさおばあちゃん

山崎　寿々女

姉からのお下がりいつも色褪せて
着せ替えの紙人形で満ち足りる
解いては編む祖母の手の万華鏡

古毛糸編み込むベストレインボー

飯粒を糊にシーツがピンと張る

針に糸七本通し登校し

蓬髪の祖母に日課の梳る

生き様は明治の祖母に教わりし

奉公のくだり何度も頷いて

たおやかな祖母の写真はセピア色

■準佳作

保育士日記

夕月　つばめ

すぐ会えるだけどママとは名残惜し

初めてのトイレ成功拍手沸く

おとなしいボクの変顔初披露

しゃがみ即おんぶ攻撃次はだれ

アゲハ蝶追いかける君ひらり舞う

あちこちでお漏らしの声雨上がり

絵本から教わることもある四十路

はなかっぱ好きなやつよと豆ご飯

ねえ先生何歳と聞くおやさいよ

誕生日光る靴見せよーいどん

■準佳作

十四の季節

藤原　舞衣

ライバルと睡魔と戦う受験生

スマホ見て勉強しかけてスマホ見て

寝る時間遅い自慢はおことわり

ラインして会話の終わりつかめない

中三でツインテールは黄信号

真冬の日半ソデ男子意地っ張り

中三の右手がうずく中二病

次々に現れ消えるリア充よ

教室でホームワークをおわらせる

大笑い何が理由か分らんが

■準佳作

草づくし

近藤　朋子

花の夜を温い笑顔の母子草

両の手の一念に似て女郎花《おみなえし》

スギナにも選り好みあり残夢《ゆめ》の中

欠点も利点もさらけ草づくし

滑莧《すべりひゆ》コンプレックスおまえもか

月見草命ふるわせ咲きみだれ

玉の汗かいてわらって水葵

つゆ草のいつまで遊ぶ短夜を

助走することも覚えたおきなぐさ

笑い上戸と軽やかに舞う鬼アザミ

童話・児童文学

■佳　作

自由と律

岡本　敦子

初めての中学校の通学路。あいつは私の少し先を、はずむように進んで行く。くるりと回るたびにおろしたてのスカートが、春風をふくんで軽やかな円を何度も描く。

「おーい、自由。もう少しゆっくり歩いてよ。そんなにとびはねると転んじゃうよ」

「だってスカートっておもしろいんだもん。羽が生えたみたい。いつもよりもっと自由。律もやってみてよ、って。そっか。今日はズボンだからできないね」

追い付いた私の隣で、私に似た顔が笑いかける。肩口にかかる髪を、後ろで一つに束ねた髪型もおそろい。間違われることもある二人だけれど、一人は男で、一人は女。双子の兄妹。私はじっと自由の顔を見つめた。あふれる好奇心をかくしきれない瞳が、明るく輝いている。この目は、私と似ているけれど似ていない。自由の唇《くちびる》が「りつ」の形に動いた。私は深呼吸して前を向くと、自由と並んで歩き始めた。

入学式を終えて、私たちは教室に入った。親の希望で二人は同じクラス。名前の出席番号順の席は、前が自由《じゆう》で、後ろが私、律《りつ》。

「はじめに自己紹介をしてもらいます」

そう言ってクラスを見渡す先生に、思わず顔をふせてしまう。

「まず先生から。一年E組担任の中井純平です。教師十年目。この学校は三年目。担当は美術です。一年間一緒に成長していきましょう。では出席番号順にひと言お願いします」

私は足で前のいすをけった。振り返った顔に向かって、目で（余計なことは言うな）とうったえる。自由はこくりとうなずくと、すぐ元の姿勢に戻った。

「次。真中《まなか》自由」

来た。私は食い入るように自由の背中を見つめる。

「真中自由です。三月に市内から引っ越して来ました。見て分かるとおり、後ろの律と双子の兄妹です。趣味はたくさんあるけど、楽しいことならなんでも。どうぞよろしく」

自由が、「ちゃんとやったよ」とでも言いた気に、ちらりと私に視線をよこした。

「あれっ？　おかしいな」

先生が名簿の名前を指でなぞる。

「名簿が間違っているのかな。自由が男で、律が女となっているんだけど」

「間違っていません。僕が兄で、男です」

はっきりとした声が教室に響いた。ああ、ブレザーにスカートの姿が目に痛い。先生のほおがかすかに引きつる。教室中がざわつく中、私はのそりと立ち上がり、自己紹介を始めた。

「真中律。妹です。自由の目付役として親に派遣されました。よろしくお願いします……」

案の定、放課後二人して先生に呼ばれた。

「真中自由君のスカートには、何か理由があるのかな。それともいたずら？」

慎重に先生がたずねる。

「スカート、はいてみたかったから。っていう理由じゃだめですか。律だってズボンだし」

「だってこれは、自由が勝手に取り替えたんじゃない。嫌だって言ったのに」

「こらこら兄妹げんかはやめなさい。あのね真中君。スカートは男子の服装規定にないんだよ。女子のズボンはあるからね」

「ずるい。ひいきだ。律ができることが僕ができないはずない」

まずい。自由のタブーにふれたようだ。

「今は昭和？　もう平成も終わってとっくに令和なのに。このジェンダーレスの時代に信じられない。頭かたい。遅れてる。スコットランドを見習って！」

まくしたてる自由をいなして、先生が返す。

「はいはい。それは民族衣装のキルト。ここは日本だからね。このことは一応、親御さんにも連絡しておくから。明日からは、ちゃんとした制服で来るようにね」

「――親に言ったってむだです。だって、〝自由と律〟って名前を付けたのは母さんたちなんだから。これは実験なんだ」

「実験って、何の……」

自由の圧に押されそうに先生が問う。

「『名は体を表す』。双子の僕たちが、名前によってどれだけ違ってくるのか、という実験。興味深いでしょ。今のところ順調。というわけで、この状況は親の思惑どおり。仮定を証明する一つの出来事にすぎません。それに、もし二人が入れ替わっていたら、先生は見抜けますか？　僕、律のふり得意ですよ。はは、はっ！イタイ、イタイ！」

私は自由の耳をきつく引っぱりながら、深々と先生に頭を下げた。

入学から一週間が過ぎた。

「律は部活、何にするか決めた？」

後ろの私の机にほおづえをついて、自由がたずねる。今クラスで私たちは微妙にういている。変なやつ。距離感がつかめない。かわいそうに私は、自由の巻きぞえだ。

「決めたけど言いたくない。絶対まねする気でしょ。部活まで自由のめんどう見たくない」

なんだかんだ、私たちは仲良しだ。遊ぶのは一緒。勉強も習い事も一緒。ずっとくっついている。二人でいると、まだ友達がいないクラスでも、正直なところ寂しくない。一緒が当たり前になりすぎて、知らずお互いに寄りかかって、楽ちんになってしまっている気がする。このままでいいのかな。自由がどう思っているのかはなぞだけれど、自由のためにも私のためにも、せめて部活動くらい、強い心でつき放す。

「僕、もう決めたから同時に言おうよ。まねなんかしないし」

それならばと私がしぶしぶうなずくと、自由は「せえのっ」とかけ声をかけた。

「「ダンス部」」

そろった声に、私は頭をかかえ、自由は「やった！」とガッツポーズをした。

「そんな気がしたんだ。やっぱり僕たち気が合ってる。一緒に入部届出そうね」

ところが思わぬ展開になった。

「真中君、先生が来てるよ」

知らせてくれたクラスメートが、自由と私の間で視線を泳がせる。初日にあんなことをしたせいで、みんなどっちがどっちか迷っている。実際自由はスカートが気に入ったらしく、時々はいて来ては先生とやり合っている。

「何だろ。サンキュ」

教室の入り口に若い女の先生が立っている。自由が向かう後を、何の用か気になって、私もついて行ってしまう。頭では分かっている。こういうのがだめなんだ。気ままな自由を制御すると見せかけて、過保護にしている。本当の意味での自由の自由さを、うばうことになっているかもしれない。

先生が自由に紙を差し出した。

「ダンス部顧問《こもん》の関口です。真中自由君？　君、男子だよね。残念だけど、ダンス部に男子は入れないの。規定に女子ダンス部となっているから」

全く気が付かなかった。確かに部活動紹介でダンス部が踊った時、一人も男子はいなかった。でも自由がそんなことを気にするはずもなく、男子は入部できないなんてかけらも考えなかった。

「嫌だ。そんな理由受け入れられません。ダンスしたいんです。律と一緒に踊りたい。今すぐ規定を変えてください！」

抗議する自由にいっさいの余裕はない。本気でダンス部に入りたいんだ。つき放すとか過保護とか、全て忘れて私も頼みこんだ。

「なんとか入れる方法はありませんか。私たちでできることがあったらやります」

「一応話はしてみるけれど、規定変更できるとしても、来年度からじゃないかしら。よその部に入った方がいいと思うよ」

昨日出したばかりの入部届を自由の手に押し付けると、関口先生は行ってしまった。

「律、僕絶対あきらめないからね」

自由はそれをていねいにかばんにしまいながら、宣言するように私に言った。

ダンス部の練習は、水曜日を除く放課後、校舎に挟まれた中庭で行う。正面には美術部が活動するプレハブの建物がある。一年生は入部してからもう二十日以上、横一列に並び、スクワットに似た動きのリズム練習と、基本的な動作の練習。今日も私たちはみっちりストレッチをした後、音楽に合わせて、お世辞にも楽しいとは言えない動きをひたすら繰り返している。それと向き合うように、プレハブを背にして自由が絵を描いている。と言っても、美術部に入ったわけではない。美術の課題で出た、人物のクロッキーを描いているのだ。自由は私から目を離さないで、そのままなぞるように手を動かしている。私は入部してすぐの四月を思い出す。

「気が散って練習がやりにくいです」

部員から自由に対する苦情が出た。部長の要《かなめ》先輩が自由を注意した。

「真中律さんの兄妹だよね。悪いんだけど、目の前で色々やられると気になるから、待つなら別の場所でお願いできる？」

それから何度注意されても、自由は毎日ここにやって来る。今日は絵を描いているが、たいていは私たちと同じ動きを、てれもせず一人でやっている。かと思えば、じっと見ているだけのこともあるし、何もせず寝転がっている時もある。

「今日も来てるね、自由君」

休けい中、部長が話しかけてきた。私は恐縮する。

「すみません。うっとうしいですよね」

「いや、もうみんな慣れたよ。じゃまはしないし。ダンスは見られてなんぼ。これも訓練になってるかもね。それにしても、よっぽど一緒にやりたいんだろうなあ。どうにかしてあげたいよねえ。もう、律さんと交替でやらせてあげたら？　誰も気付かないんじゃない」

そう言って部長が「ハハハ」と笑ってくれたので、私も安心する。一歩前進した気持ち。自由、少し受け入れられたよ。目が合った自由に小さく手を振ると、うれしそうに自由が、おもいきり手を振り返してきた。

美術の授業。スクリーンにはクロッキーが映し出されている。

「先日の課題で、よく描けていた作品を何点か見てもらいます。まず宅間君。さすが美術部。全体がバランスよく描けているね。だけど一つ気になるのは、実際の人間を見て描いた？　何見た」

「ア、アイドルの画像……、です」

「やっぱり……。実物を見て描くようにね。では次。真中白由君のです」

ダンスの練習をする、私に似た人物のクロッキーが一面に映し出されたとたん、「すごいすごい」と声が上がった。私は自分が描いたわけでもないのに、やたらはずかしい。先生が評価する。

「ためらうことなく一気に引かれた線が、人物のやく動感と特徴をしっかり表現している。とてもいいね」

私には描けない。自由と私は見た目のせいで同じと思われがちだが、中身は違うことばかりだ。性格はほとんど真逆な気がするし、好奇心の差か情熱の差か、やることの質が全く違う。要するに、あらゆる能力が断然自由の方が高いのだ。もちろん、うらやましいとか悔しいという気持ちも、あることはある。でもそれよりも、こんなに魅力的な自由を、みんなに知って欲しいという気持ちが上まわる。日ごろのふるまいから誤解されがちな自由だけれど、色めがねをはずして、本当の自由を見て欲しい。

「ダンスの見すぎで目に焼き付いちゃって、もう目をつむっても描けますよ」

ちゃかす自由に、中井先生は大まじめな顔で言う。

「いや、それにしても上手。いつもダンス部の見学で、美術部の部室前に来てるだろ。ダンス部に入れない間だけでも、もう美術部に入ったらいいのに。みんなのいい刺激になるよ。おい、美術部宅間君、勧誘、勧誘」

「えっ！　えっと。お、おま、お待ちしております」

すかさず自由がツッコミを入れる。

「宅間君、あせりすぎ」

教室が優しい笑い声でいっぱいになった。

六月十七日に行われる体育祭が、新ダンス部の初パフォーマンスとなる。本格的な練習が始まった。二、三年生が前年度にやった二曲と、もう一曲新作を加えての計三曲。一年生の負担は大きい。さらに、一曲目の『うらじゃ』をイメージした赤と黒の色の布で、衣装を各自手作りするのだ。色はそろえるがデザインはおまかせ。センスと技術が問われる。体育祭まで一か月弱。時間がない。

「ねえ、もしかしてそれで衣装とか作るの？　楽しそう」

練習の後、布地を配られているところに、興味津々《きょうみしんしん》の自由が首をつっこんできた。

「気楽に言うけど、デザインから考えるんだよ。ハードル高すぎる。ダンスを覚えるだけでも、いっぱいいっぱいなのに」

「ますますおもしろいじゃない。えーいいなー。僕手伝いたい。手伝うよ」

私と自由の会話を聞きつけた一年生部員らが、おずおずと話に入ってきた。

「真中君こういうの得意？　私すごく苦手で。助けてくれない？」

「やるやる。まかせて」

「あの、私もいいかな」

「私も……」

「いいよ。みんなまとめて持って来い！」

自由のやる気が上がるにつれて、私の不安も急上昇する。

「ちょっと待って自由。安うけ合いして大丈夫？　デザインとか裁ほうとか、やったことないでしょう」

「あるよ。小学校の時、家庭科でエプロン作った。デザインもちょっと考えがあるし。なんとかなるでしょ。

ではみなさん、詳しくはまた明日。律、帰ろう」

あっけに取られる私を引っぱって、自由はみんなにバイバイと手を振り、さっさと歩き出した。

翌日。ダンスの練習中いつもいるはずのプレハブ前に、自由の姿はない。でもその建物の中、ガラス窓の向こうに、美術部の宅間君と頭をつき合わせて座っているのが見える。昨日帰宅してすぐ宅間君に連絡を入れて、今日の休み時間は、ずっと教室で宅間君と雑誌を見ていた。何をしているか聞かなくても、まあだいたい想像はつくけれど。

練習が終わると同時に、自由と宅間君がプレハブから出て来た。

「ダンス部のみなさん注もーく。ご紹介します。こちらは美術部の宅間君です。今回彼のすばらしいオタク知識をお借りして、衣装のデザインに協力してもらっています」

自由がバンと宅間君の肩をたたいた。

「ご、ご紹介にあずかりました、た宅間です。びび美少女キャラの衣装を参考に、自分たちでも作れそうなデザインを真中君と、はーはー、イラストに落としこんでみました」

女子に取り囲まれて、いつもよりさらに緊張した様子の宅間君が、がくがくふるえながら十枚程の紙を差し出した。

「オオオッ、すごい！　見たい、見たい」

紙は一瞬で女子たちにうばい取られた。そのうちの一枚を指差して、自由が説明を始めた。

「これなんか複雑に見えるけれど、実は大きな正方形の布二枚で出来てるんだ。ふろしき包みの応用。二点を結んで頭を通して、下の両端を背中でクロスさせてお腹でリボン結び。もう一枚は腰でななめがけにする。真っ直ぐなら誰でもぬえるでしょ」

「なんだか忍者みたいでかっこいい！　こっちのは？」

「これも上が正方形三枚、下が長方形二枚でできる。それからそれなんかは単純な形の上下に、ひたすらフリルフリル。大きなリボンやフリルは簡単に作れて使えるアイテム。やりたいデザインが決まったら、早速製作に取りかかろうよ」

「真中君、手伝いありがとうね。助かるよ」

「あっ、要先輩。ちょうどよかった。相談したいことがあったんです」

自由が部長をさらって行ってしまった。すごく気になる。

「何たくらんでるのよ」

戻って来た自由を問いつめたが、「まだないしょ」と言って教えてくれない。

「それより律。律の衣装のデザイン、特別に考えたんだけど。どう?」

自由は、ずっと持っていた一枚の紙を私に渡した。私はそれを見て、それからゆっくりと自由の顔に視線を移した。満足そうに笑っている。ああ、やっぱり自由にはかなわない。

数日後、昼休みの一‐Eの教室には、珍しい光景が広がっていた。

「このパーツ、あと何個作るの」

「はさみ誰か借してー」

「痛ったーい!　針で指さした」

ある者は布に型を取り、ある者ははさみで裁ち、またある者はひたすら針を動かしている。教室のあちこちで赤や黒の布が広げられ、まるで大繁盛の縫製工場のようだ。最初は私と自由、流れ参加の宅間君とクラスのダンス部員一名、計四名で衣装作りを始めた。

「何作ってるの。へー、ダンスの衣装なんだ。私たちも手伝っていい？」

手芸好きが加わり、美術部員を引きこみ、他のクラスのダンス部員も来るようになって、どんどんふくれ上がって、気付けば今の状況になっていた。自由が先生にかけ合って、部活が休みの水曜日には家庭科室でミシンも使わせてもらえるようになった。衣装づくりはかなり順調に進んでいる。私はなんだかおかしくなってきて、針を動かしながらにやにやしてしまった。向かい合わせで作業している自由がそれに気が付いた。

「どうしたの。顔がにやけてる」

「いやぁ、みんなを巻きこむ自由の勢いって、すごいなと思って。本当は自由はダンスをやりたくて、がまんしているのに。たくさん助けてくれて、ありがとう。——それから、私、何も自由にしてあげられなくて、ごめんね」

私はずっと胸に引っかかっていたことを、やっと伝えることができた。自由は心底驚いた顔をした。

「何言ってるの。僕、今最高に楽しいよ。それにダンス部に入るこの道程も、ワクワクしない？　障害があるほど燃えるというか、山は高いほど征服しがいがある、みたいな。今、山は五合目。いやもう七合目いったかな。僕がこんな風に思うようにやっていられるのも、絶対味方の律が見ててくれるから。律が応援してくれてるから大丈夫って安心できるんだ。だいたい部の練習だって、律がいないとあんなにずうずうしく行けるわけないでしょ。僕そんなにず太くないよ」

どうして自由は、私に一番必要な言葉をくれるのだろう。普通なら口にするのは勇気がいる思いも、自由は軽々と言葉にしてしまう。

「……さあ、それはどうだか」

心の揺れを悟られたくなくて、私の声はそっけなくなる。かまわず自由は続ける。

「それに、律も気が付いているでしょ。僕たちの名前を合わせると、〝自由律〟ってなること。二人だからこそ、のびのびと美しく生きられるんだ。律、いつも一緒にいてくれてありがとう」

もう、声も出ない。顔から湯気がふき出しそうな私に、自由はとびきりの笑顔を向けた。

それから衣装作りは様々な失敗と創意工夫を重ねて、私たちは一年生部員十三人分、すべての衣装を完成させた。

「みんな協力ありがとう。乾ぱーい！」

「乾ぱーい！　お疲れさまー」

自由の音頭で、衣装作りにかかわった全員が持参のお茶でお祝いした。

「がんばったね」

「ダンス楽しみにしてるよ」

教室内は労をねぎらい合うにぎやかな会話が飛び交って、達成感とうず巻くような一体感で沸き立っている。もう入学当初の自由のういた感じなどどこにもなく、自由の周りには人の輪ができている。私はダンス部の友達と一緒に、ハンガーにつるされたとりどりの衣装を見てまわった。一枚一枚に、たくさんの人の手と気持ちがつまっている。まぶしくて目を細める。胸がせつなくなるような、ただただこの日々が、この瞬間が、大切で愛おしい。あとはダンスの練習に力を注ぐのみ。体育祭まで残すところ一週間！

全員そろえての本番をイメージした練習に移った。私たちの動きに合わせて、プレハブ前で自由が気合の入ったダンスを踊っている。と、思って見ていたら、練習をみていた顧問の関口先生が、自由のところで話し始めた。自由がとびはね、先生がこちらを指差し、自由が胸の前で手を振る。私はみけんにしわをよせ、そのジェスチャーゲームの解読を試みる。最後に自由が何か言って指を立てると、先生は小さくうなずいた。それから自由は何事もなかったように、再び一人練習を始めた。

体育祭当日、快晴。一‐Ｅは抜群の団結力を発揮し、長縄とびで学年最多の連続百二十三回をマーク。クラス全員リレーでは、劇的ゴールのアンカー体半身差勝利で一位。ぶっちぎりの総合学年一位で午前を終え、盛り上がりに上がっている。昼休けいをはさんで、次がついにダンス部の出番だ。衣装に着がえて、部員同士で確認し合う。

「左前重ねＯＫ。帯結びＯＫ」

相手の子が私の背中をポンとたたいた。私の衣装は左片そでだけ付いた着物の上半身で、右半身は黒、左半身とそでは赤。下はひざ上のスカートで、黒赤黒の三段フリルになっている。髪は赤いリボンで右サイドポニーテール。私は動きやすさを確かめるため、そでのある左手を大きく動かしてみた。サテンのそでが光の波をつくってはためく。いい感じ。いけそうだ。自由に衣装を着た姿を見てもらおうと、私は一たんクラスの応援席に戻った。

「おお、律かっこいい。俺が作った帯最高！」

「真中さん似合ってる。ダンスがんばってね」

クラスメートが声をかけてきてくれる。

「ありがとう。ところで自由見なかった？」

「あれっ、どこ行ったかな。トイレかな」

時間がきたので、私はあきらめて集合場所へと急いだ。

ドドドドドド……ドンドン、ドドン！

地の底からはい上がってくるような和太鼓のリズムに合わせ、ダンス部員三十二名が一せいに走り出る。トラック中央にすえられた舞台には部長の要先輩が立ち、その両側に横一列互い違いに正面を向いて部長が並ぶ。私は舞台に近い位置に立つ。取り囲む千人の観客を見渡し、視線を遠く青い空の向こうへ移す。「ハッ！」と短く息をはき、低く構える。

（自由、見ててね）

「うらじゃ！」

曲が始まった。ためこんでいた力を一気にはじけさせる。前後左右ステップをふみしめ、こぶしをつき上げる。何度も何度も上体を激しく上下させる。脳が揺すられ溶けるようだ。次第に体の輪かくはあいまいになる。あるのはリズムだけ。個々が一心に音に体を合わせるうちに、全員の動きはシンクロし、巨大な一つのうねりとなる。苦しい。ドッドと心臓がやかましい。それでも笑顔を忘れるな。最高の笑顔でアピールしろ。祭りだ祭りだ。祭りの熱気と楽しさを表現しきるんだ。

一曲目が終わった。私は、はあはあと呼吸を繰り返し、次に備えて息を整える。あごを伝う汗が落ち、乾いた地面に吸いこまれた。

二曲目はＪ－ＰＯＰミュージック。がらりとイメージを変えて、軽快な明るい音楽が流れ始めた。私たちは気ままな感じで歩いたりはねたりしながら、トラック内を移動する。頭上で手をたたくと運動場に手拍子が巻き起こった。気分そう快。行き交う人とハイタッチしたり手を取って踊る。自然な感じで踊りつつも、体の隅々までていねいに動かす。舞台上で何人かが、競うようにかわいくポーズを決める。応援席にはジャンプして手を振る友達の姿がある。視界が鮮やかで、やけにはっきりと周りの様子が分かる。

（あれっ？　自由）

視界の端にちらりと何か入った。その瞬間、ものすごい速さで点がつながった。部長に相談、山は七合目、関口先生とのジェスチャー、姿のない自由！　そうだ。自由はどこかで踊っている。そんな当たり前のことをなぜ気付かなかったのか。私は自分の愚かさにふらつきながら、二曲目をなんとか踊り終えた。

拍手の中私たちは元の位置に戻った。続けて三曲目の予定が、舞台上の部長がマイクを持って話し始めた。私たちはとまどいつつ部長の方へ視線を向ける。

「みなさーん。たくさんの拍手ありがとうございます。今回特別に、ダンス部以外からも参加してもらっているのでご紹介します」

ざわざわっと肌があわ立ち私の体をかけ抜ける。

「衣装デザインに製作。ダンスも誰よりも練習したので、とびきりのダンスを披ろうしてくれるはず。スペシャルサンクス真中自由！」

私と逆方向から自由が飛び出して来た。部長と入れ替わって自由が台に上がると、「ウオオー！」という雄たけびが一－Eから沸き起こった。いつ作ったのか、自由は私のとそっくりの、右そでのある衣装に身を包んでいる。記憶が巻き戻される。そうだ、すでに私は見ていた。自由がきりりと着こなすこの衣装を。あの日自由が私のためにデザインしてくれたあの紙には、色が反転した鏡写しの一対の衣装が確かに描かれていた。ぼう然と見上げる私に、自由がいたずら成功と歯を見せる。

「ラスト。みんな思いっきり楽しんで！」

部長の合図で曲が始まった。ちょっと昔の激しいダンス曲。ひざまずく私たちは、リズムに合わせ両端から、波のように次々と空に向け立ち上がる。波がぶつかり合う。波のてっぺんは、自由！　自由が弓のように体をしならせとび上がった。

体をくねらせ足をけり上げ、自由はすべてを解放して無心になって踊る。たくましい力こぶのポーズから両腕が天につき上げられる。救いを求めるように切なくさ迷う両手は、何かをつかんだとたん固く結ばれ、静かに祈りの形になった。静と動、柔と剛。自由の緩急自在の動きが、うっとりと、見る者をその世界に引きずりこむ。

再び激しいダンスになった。体がのりすぎて練習した型からは大きくはみ出し、もうそれは自由だけのダンスになってしまっている。でも、それでいい。もうすでにここは自由の独だん場。観客は自由から目が離せない。自由が放つ圧倒的エネルギーが、誰彼かまわず火を付ける。自由の感覚に共鳴して、無意識に体が動き出す。本能が刺激される。踊らずにはいられない。場の興奮はどんどん高まる。ああ、音楽が終わらないで欲しい。このままずっと、ずっと踊っていたい――。

気付けば音楽が止んでいた。終わった。踊りきった。熱気の後に、ほうけたようなしいんと静まり返った間があった。そしてその直後、地鳴りのような拍手と歓声が沸き起こった。自由はまだ舞台に仁王立ちのまま、激しく肩で息をしている。拍手は鳴り止まない。

「アンコール、アンコール、アンコール……」

部長がマイクを取り、自由の隣に立った。

「ありがとうございます。こんなにみんなと一体感のあるダンスができて、今、泣きそうに幸せです。アンコール、時間の都合で難しい……かな？　それから、もう少しだけお話しさせてください。今、こん身のダンスを踊ってくれた、真中自由君のことです」

私は部長の方へ、がばっと体を向け直した。

「彼はダンス部への入部を希望しているのですが、部活動の規定で、男子は今入ることができません。私は彼の熱意を応援したい。彼ほど真っ直ぐダンスと向き合える人材を、入れることができないなんて、もったいないと思いませんか。古くさいルールなんて今すぐ捨てて、新しくすればいいんじゃないでしょうか？」

ワーッと賛同の拍手が起こった。私は居ても立ってもいられず、部長の元へとかけ出した。台にとび乗り、部長の手の上から両手でマイクをつかむ。視線が重なり、二人は同時にうなずいた。私たちは声を合わせて叫んだ。

「自由をダンス部に入らせてー！」

山びこのように会場中から声が返って来た。

「自由をダンス部に入らせてー！」

何に答えを求めてよいのか分からないまま、私は運営席に視線をさ迷わせた。校長先生がテントの席を立って、とことことこちらへ出て来た。そしてゆっくりと両手で頭上に大きな輪を作ると、「マルー！」と叫んだ。

「りーつ、サイコー！」

自由が私に飛び付いた。一－Eから人垣が崩れて、歓喜の雄たけびとともに、こちらに吸いこまれるようになだれこんでくる。宅間君と中井先生が肩を組んで喜んでいる。関口先生とダンス部員たちが、万ざいで祝福してくれている。すぐ側で部長が、号泣しながら笑っている。

「イエース！　自由、おめでとう」

あちこちから声が飛んで来る。まぜこぜになって、誰もが自分のことのように喜び合う。

音楽が流れ出した。

「律、一緒に踊ろう」

「うん！」

私はうなずき自由と向き合う。アンコール。最高に自由で、熱いアンコールが始まった。

審査概評

■小説A部門

今回、小説A部門には十六編の応募があったものの、入選ないし佳作に値する作品を見出すことはできなかった。該当作なしがここ数年続いているのは、別に超難関を気取りたいわけではない。文学賞にもメジャーリーグ級から甲子園大会、草野球レベルまでいろいろある。半世紀以上の歴史を持つ岡山県文学選奨は栄えある賞の部類に入るが、たとえあなたが大谷翔平でなくても優れた球を投げてくれれば審査員である私たちは喜んで賞を出すだろう。そのほうが応募するほうも審査するほうもお互いに気分がいいに決まっている。ただ問題は、肝心の優れた球がなかなか飛んでこないことである。

そもそも全応募作の四分の一にあたる四編が人捜しの物語であったことに当惑を覚えずにはいられない。恩人に感謝を伝える、復讐を果たすなど目的に違いはあれ、主人公は誰かを捜す旅に出る。居場所のわからない誰か、あるいは何かを追いかける物語は、作中で登場人物を簡単に動かすことのできる類型として重宝されてきた。かつて蓮實重彦が井上ひさしや村上春樹らの八〇年代の作品に看破したのも「素人探偵の宝探し」という類型である。ただし今回の応募作に見られる安易な類型は、蓮實が揶揄を交えて批判した作品の水準にすら達していない。親切なサブキャラクターの目ざましい活躍や偶然のめぐりあわせの助けによって主人公たちはいとも簡単に捜し求める相手にたどりついてしまう。応募前に自作を客観的に見直して、類型的でオリジナリティーを欠いていないか、ご都合主義に陥っていないかなどのポイントを確認することをお勧めしたい。

類型性は物語の構造だけでなく人物造型や文章表現などの面にも見受けられた。他者をつぶさに観察することなしに「女性」や「若者」といった一面的なイメージに基づいて作られた人物は、作者が操る人形にすぎない。そんな登場人物が発するセリフは腹話術師の裏声にも似た耳ざわりな響きで読み手を鼻白ませる。私たちは作者について何ひとつ知らされることなく作品のみと対峙している。それでも、他者に対する理解と配慮を欠いたまま老人が描く若者、大人が描く子ども、男性が描く女性、マジョリティーが描くマイノリティーのそらぞらしさは生理的な不快感となって瞬時に伝わってくる。まずは他者に対して持っている固定観念を一度捨てて、現実の他者に目を向けてほしい。

一方、文章にしても「ハンマーで脳天を殴られたような衝撃」「天まで届きそうなタラップ」などの紋切型の表現、「瀟洒な住宅街」といったたぐいの使い古されて具体的な光景を喚起しない形容詞と名詞の結びつきは作品に力を与えない。もちろん紋切型だって使う場面しだいでは絶大な効果を発揮しうるが、自分自身の言葉を語っているのか、それとも既存の言葉をなぞっているにすぎないのか推敲の段階で十分に吟味された文章を私は読みたい。

応募作のなかでは「行きたい場所」が比較的よく書けているという意見で小川さんも私も一致した。細かい表記面でのミスはあれ文章はおおむね整っており、書き慣れた作者であろうという印象を受ける。学生運動の時代を舞台に大学助手と女子学生の微妙な距離感の関係が落ち着いた筆致で描かれる。言及される音楽の趣味もいいなと私は思った。ただ、時系列の流れに沿って出来事がエピソード的に続くばかりで物語の盛り上がりに欠けている。大学封鎖が続く倦んだ雰囲気を演出するための構成と好意的に解釈することもできるが、読んでいる側まで倦んでしまった。

長引くコロナ禍の倦怠によるものか、応募作の質量両面での落ち込みは文学選奨のみならず他の文学賞でも見られる傾向であると聞く。時代の混迷だの不安だのは打ち破り、あなただけにしか語れない言葉を私たちに向けて投げてほしい。

（文責・藤城）

■小説B部門

今年度の応募数は二十八編。上位数編の選定は審査員双方の意見が早い段階で一致したが、そこから先は一作ずつ慎重に協議を重ねた。その結果、『昼の遊戯』と『アップルパイ』の二編を佳作として推すことに決めた。

『昼の遊戯』は、取り憑かれた化け猫から逃れるために縊死した男の魂の語りである。筆の力だけで禍々《まがまが》しい異界を立ち上らせ読み手を引きずり込む技量は、これぞ文芸と言えるだろう。

繰り広げられているのは肉体を失った主人公の意識のみが彷徨う世界なのか、それとも登場人物全てが霊魂や妖怪で、読み手はそれらのやりとりを無限ループのように見せられているのか、はたまた作品すべてが実は白昼夢であるのか、読み手の受け取り方次第で解釈が変わる千姿万態な貌をもつ小説である。

ひとつ残念なのは、主人公が受けた難儀についての記述がないため感情移入がしづらい点である。高い筆力に感嘆しながらも、物語に感動できないのはここに起因するのかもしれない。しかし反面、もしこれが作者の意図するところだとしたらどうだろう。読み手が感情に振り回されることなく摩訶不思議な世界を堪能できるようにと。まさか当部門の規定枚数の関係で端折ったということでは、あるまい。

もう一編の佳作は『アップルパイ』である。生きづらさを抱えながらも懸命に生活する人々を優しい筆致で描いた物語である。こちらの作品については今後応募される方の参考になるよう、まず要約をしてから講評したい。

母親との間に確執をもつ孤独な女子大生は、アルバイト先で善良だがかなり変わった五十代半ばの女性従業員と出会う。乙女チックな服装に濃いメイクのその女性は仕事の覚えも要領も非常に悪く、職場ではお荷物扱いされ、離婚後離れて暮らす娘とも上手くいっていなかった。娘の誕生祝いに焼いたアップルパイは食べてもらえず、それは代わりに主人公へとふるまわれた。主人公と女性は血が繋がらないことで却って仲の良い親子のような関係をもてたが、女性の娘は普通の母親に育てられなかった劣等感から自分には欠落しているものがあると母親を責める。一方母親である女性も、かつて育児に悩んだ実母から疎まれたのか幼少期の写真を持たず、その過去の空白を埋めるかのように園児の格好をして公園で写真を撮りたいと主人公に頼むのであった。

作者は、登場する人物の個性や事情を見事に書き分けた上で、各々が抱える苦悩をあたかも地下で水脈が繋がるかのように描いてみせた。普通に生きることがままならない人生をあえて抑えた筆致で綴ることで読み手の心を切なくざわつかせ、最後は正解のない余韻へと放った。会話部分にやや課題は残るものの、総じて上手い書き手であるといえるだろう。

その他話題に上ったのは『カフェ座敷童子』『思い出酒場』『或る「マルチ」伝』である。いずれも読み応えのある良い作品であった。


（文責・森本）

■随筆部門

今年度の応募作品は三十四編。数字の上では減少している。しかしながら原稿用紙十枚以上二十枚以内という規定の中で、各人が奮闘している熱意と努力はしっかりと感じられた。その熱い想いを受け、二人の審査員により議論を重ね、慎重に丁寧に審査を行った結果について述べたい。

まずどこに着目したか。第一に、「随筆」の定義に当てはまっているかということ。当然ながら、随筆はノンフィクションであり小説のような創作ではない。事実に基づいた作品であることが必須である。虚構ではない事象や体験を描きつつ、自己表現を加えながら読者の心に訴えかけるもの、読者が感動できるものとして作品世界に導いていくことが必要となる。が、そういった描写の欠如した作品が目に付いた。知識や歴史的事項だけを羅列したものは単なるメモや年表にすぎない。己の感情を吹き込み、自身の言葉を加えた、リアリティのある人間模様を描いてほしい。自己陶酔に陥りかねないが、感性を最大限に活用した具体的でわかりやすい表現力を求められる。

第二に、作品を完全に推敲し、完成されたものになっているかということ。今回少なからず見受けられたのは、無用な段落や余分な一文の追加。つまり〝蛇足〟と思われる箇所が付随している作品である。整然とまとめようと試みたのか、字数や枚数合わせに苦慮したのか、最後の着地で乱れてしまい、評価に影響したことは残念である。余分なものを省き、不足を追加し、最後まで推敲を怠らぬよう心がけていただきたい。日常の読書や名文との出会いを重ねていく学びが必要となるだろう。

この二点をふまえた上で、「言の葉」を佳作として選出した。病に倒れた主人公が、夢か現か、生と死の間でうごめく精神世界を自身の言葉と既存の作品からの引用をうまく使い、見事に描き切っている。「記憶」の中に引き込まれながら、「現実」に引き戻される自分。限られた時間や空間にも関わらず、読者を飽きさせない軽妙な筆致。言語をもてあそぶかのように紡ぎ出す作者のコトバ。芥川龍之介や寺山修司、茨木のり子などの引用は、小気味よくスパイスを利かせている。入選には及ばなかったものの、独創的な展開の作品であった。

今回は、佳作が一点のみとなったが、次点となる作品は数点挙がった。前述の審査基準に到っていないため、残念ながら受賞には及ばなかった。全体を通して、内容に入る前に、文法や敬体常体の混在、漢字やふりがなの誤用等、初歩的ミスが多々見受けられたが、これは審査以前の問題であることは言うまでもない。

随筆は個々の人生から生まれる。十人十色、だからおもしろい。自己表現の舞台として、来年度のさらなる挑戦を楽しみにしたい。

（文責・奥富）

■現代詩部門

詩は言葉という道具を使って言葉にできない思いを表現する行為だ。一言で「寂しい」とか「嬉しい」とか言えるならば詩は必要ないのかも知れない。簡単に言葉にならないから、それを伝えるのはもっと難しい。まずは、自分が何を書きたいのか、何を伝えたいのかをしっかりと見つめること。「何を」がはっきりしてくると「どのように」が少し見えてくる。そして、詩としての形が出来たなら読み手にちゃんと伝わるのかどうか確かめてほしい。言葉を適切に選んでいるか、構成はどうか、連と連の関係はどうか。何よりも自分の言葉で書いているか。以上のような視点から応募された36名108篇の詩を二人の審査員で検討したが入選作を選定するに至らなかった。

○佳作「願い」「家路」「今」　職場でも家庭でも座るはずの人がいなくなってポツンと椅子が残されている光景は辛い。「願い」は、病に倒れた母の定位置だった場所に座り洗濯物を畳む作者の後ろ姿が見えてくる作品だ。心のシャッターを押して母との記憶を脳裏に焼き付けておこうとする作者の気持ちが痛々しい。「家路」は母から渡された船頭としての自分を見つめている。丸い背中の老夫婦や晴れることのない空の虹など視点が拡がっている。「今」は優先順位の変更を余儀なくされた自分について前向きに考えようとする作者にエールを送りたくなる。ただ、題名の工夫が望まれることと、詩という文学作品としての完成度が今一歩である。

○佳作「夜〈家族を壊す病〉」「朝〈生きるための病〉」「夜〈ふたたび朝へ〉」　詩を書くことで自分が救われ、もう一度、歩き始めることができるような気がする時がある。3篇とも作者の書かずにおれない切実な思いを感じる。「夜〈家族を壊す病〉」は書き出しが良い。読み手を引き付ける。「心は焼け焦げ／炭化した幹だけが棒のように立っている」〈残響が頭のなかの鏡を割っていく〉等の詩としての行もあり構成や展開が効果的だ。「朝〈生きるための病〉」には、SNS等についての社会批判もあり家族だけの問題ではないことが伝わる。「夜〈ふたたび朝へ〉」は、最初の連と最終連が響き合っていて、一歩一歩朝に向かっている家族に少し安心する。3篇とも少し饒舌すぎてまとまりに欠ける。言葉の精選を望む。

○準佳作「真夏の夜のうたた寝」「過眠症」「プラネタリウムでボーとしたい」　詩を書くことで現実から離れ自分を解放できることがある。作者は「うたた寝」や「過眠」や「ボーと」する中で、いろいろな思いを持ち、それを言葉で掬い上げている。ただ、独り言のような言葉だけで自分というものの輪郭が乏しい。

○準佳作「しおり」「望遠鏡」「さがしつづける」　「しおり」は時間の区切りを日記帳のしおり糸で表すという発想が面白い。「望遠鏡」はラップの芯で〈永久凍土と化した料理が新種の鉱石〉になるのを見ているのが楽しい。「さがしつづける」は服を作るという行為を意味づけている所が良い。ただ〈あなたとわたし〉の関係が分かりにくい。

（文責・中尾）

■短歌部門

九月二十一日、審査員二人はそれぞれが選んだ候補作を持ち寄って審議し、入選一点と準佳作十点を決めた。

今回全七十五作品を読んだ後の感想は、誤字、脱字、文法その他の間違いが多いということだった。短歌は原則三十一文字の制約がある以上、意味の重複や副詞の誤用などに常に留意が必要である。もっと言葉を大切にしてほしいと思った。新しい試みをしようとする作品もいくつかあるのは頼もしかったが、まとまりが無かったり、間違いが多すぎたり、独りよがりで意味不明の歌が交じっていたりで選に入れられなかったのが数点あった。また、過不足がなく上手く詠めていても、小さくまとまりすぎていたり興趣のある展開がなければ、読者の心はつかめない。

その中で入選作の「戦ぐ向日葵」はロシアのウクライナ侵攻という時事的な問題を、メディアからの情報の受け売りでなく、自身の戦災体験を踏まえて言挙げしていることが評価された。

入選「戦ぐ向日葵」

逃げこみし防空壕のくらやみに祖父母と母とわれとにはとり

こんなにも美しき夕焼けこの空のつづきの戦火をにげまどふ子ら

準佳作1「花氷を抱いて眠る」

ただ花を捧げたかった君のもつ内なる海にそのかなしみに

感覚的で繊細なのだが、同時に成長途上と独りよがりの危うさがあり、面白いが入選には至らなかった。あと一歩というところ。

準佳作2「摘粒」

この粒を摘んでと房が言つてゐるやうに思へて妻に話しぬ

マスカットを作る農家の作業と思いが過不足ない言葉で丁寧につづられる。手練れの作品だが、今一つの展開が欲しかった。

以下、準佳作3から10までの一作ずつを紹介する。

準佳作3「二〇二二・〇二・二四―それから―」

一国が一時ほどで崩れゆく映画のやうな　これは現実

準佳作4「母の鏡に」

逆向きの時計と我と美容師を映す鏡に冬の雨降る

準佳作5「列車が過る」

遠ざかる列車の光まな裏に過去へ過去へとわれは溶けゆく

準佳作6「平和の鐘」

梵鐘が徴発されし日の写真に二歳のわれも写りてをりぬ

準佳作7「アイデンティティを紡ぐ」

わたくしのアイデンティティを保つため三十一文字を紡ぐ通勤

準佳作8「重責」

ひとりでは暮らせぬ身体の妻残し先には逝けぬと背負ふ重責

準佳作9「折々に」
ころぶのは人間のみときかされて納得してゐる頭がおもい
準佳作10「日々」
雪降れば雪見酒よと友を呼び酒酌む夫も遥かとなりぬ
選には洩れたが「羽虫共同墓地」や「海の街」「紙と鉛筆」にも見るべき数首があった。

（文責・井関）

■俳句部門

総数107点の応募があった。上位に残った作品は言葉や季語の扱いなどに秀で、作品の背景や人間像などがよく伝わってくるものであった。選外の作品にも注目すべき句があり上位との差はわずか。次回の挑戦を期待している。

○入選　向日葵
社会性俳句・時事俳句と呼ばれるものは、短詩系の俳句には不向きとされているが、本作品はロシアとウクライナの戦争をテーマとしている。果敢に且つ粛々と具象・心象相半ば、俳句的手法で纏めている。

●鳥帰るロシア人形あどけなし
白鳥たちにとって、日露は悠久の繁殖地と越冬地。愛らしくユーモラスなロシア人形と、大自然の営み「鳥帰る」の取合せが得も言われぬ暗示を投げかけた。

●ひまはりや高い高いの嬰光る
子を両手に掲げ「高い高い」とあやす。嬰《やや》の歓喜とひまわりが溌剌と重なり合ってゆく。

●向日葵の裏側火薬にほひけり
現下、平和希求の花とも感じられる向日葵。その裏側に火薬が匂う。願いと現実の表裏が厳しい。

●空爆の痕跡深しあきつ飛ぶ
●髪洗ふ空爆といふ虚しさに
ひまわりの句に続いて空爆の句が二句。一句目、空爆の痕跡に対し「あきつ飛ぶ」の季語。次の「髪洗ふ」には空爆といふむなしさという措辞。季語と措辞との間の距離感が形容し難い緊張感をもたらした。

○準佳作1　修正液
暮らしに根付いた抒情というべき作風で、穏やかにして適度な言葉づかい。全体を包むおおらかさに好感。

●雲の峰バケツを叩く尾鰭かな
●捨つる前何をたしかむ単帯
●生き足らず袋を縫うてゐる夜長
●山河濃し秋冷到る壺の白

○準佳作2　仕事のつづき
●白南風の広縁に裁つタイシルク

●黒といふ透けてよき色夏羽織
●湯あがりに仕事のつづき夜の秋
○準佳作3　ジャスミンティー
●左肩下がりの親子月見草
●水鶏啼く遠き水田に星は降り
●漆喰の壁に日の差す昼寝覚
○準佳作4　暮るるまで
●春の水ぶつかり合うて脹らめり
●苦瓜の苦さぶつぶつぶら下がり
○準佳作5　蟬の声
●蟬の声遠のいてゆく座禅かな
●櫓は妻に預けて行かむ天の川
○準佳作6　屋根並ぶ　●鳴り響く風鈴津山駅へ下車
○準佳作7　八月　●八月や時を刻めぬ砂時計
○準佳作8　風ばかり　●旋回の高所作業車養花天
○準佳作9　十三夜　●十薬の花にうもれし石の臼
○準佳作10　春惜しむ　●山笑ふ輪袈裟這ひゆくかづら坂

（文責・大倉）

■川柳部門

高齢化などで川柳人口は減少の一途にあり応募作品は前年七十四点まで減ったが今年は八十点とやや持ち直した。

選考は二人の選者が十数点ずつ選んで持ち寄りすり合わせた。上位候補句を絞り込み、さらに一句一句再度読み込んで総合的に選んだ。上位は「荒野」「七色の尻尾」「ゲルニカ」の三点が残った。いずれも甲乙つけがたく一点に絞る作業は難航したが、十句のストーリー性で圧倒的だった「荒野」を入選とした。

入選「荒野」

不妊治療という川柳にとって取り扱いにくいテーマで最初読んだときはなかなか頭に入らなかった。だが読み返すうち重く長い荒野が分かり出した。

そういう目で見て一句目の

●家系図の一番下にある荒野

三句目の

●産科から徒歩一分ＩＶＦ

ＩＶＦは体外受精のこと。ここでこの「荒野」の訴えたいテーマが言葉として現れる。

●口だけは祝う親友の出産

●親子連れ見ると心につむじ風
分かる分かるという感じにさせ子供のいない夫婦の共感を呼ぶ。最後の句
●シャーレにて交わる新しき命
新しい命を授かったんだな「おめでとう」と言いたくなる気分。題が「荒野」でいいのかという疑問は残るが起承転結を踏んでみごとな着地。咀嚼力のいる個性的なテーマに挑んだ作者の心意気に敬意を表する。

準佳作「七色の尻尾」

追従、ゴマすり、忖度。人間が生きていくうえで必要な尻尾。少しネガティブな響きがあり川柳にとって一級の題材。それを多方面な視野でとらえた尻尾特集。
●踏まれたらすぐ取り替えている尻尾
●尻尾から昭和の色が消えていく
など作者の創意があふれている。ただありふれた題で数多の句が世に出ているだけに類句、先行句の恐れなきにしもあらずの面が心配。
●百均の尻尾うっかり侮れぬ
はうっかり侮れぬという表現が引っかかる。

準佳作「ゲルニカ」

ナチスに対するピカソの反戦絵画として有名なゲルニカ。ロシアのウクライナ侵攻を取り上げた時事的要素も含めた秀作。

●戦争が悲しみを増す無言館
●戦友の2世同士の年賀状
などに斬新さを感じた。一句ずつは申し分ない出来。ただ時系列をきちんと位置付けしてないのが損をしている。前半の四句を後半に回し
●散り散りにゆがむゲルニカ蘇る
で締めた方がよかったのでは。
準佳作「構築－A」
●崩すのを前提にして組む積木
●自分には見えぬ出口を知る他人
内容的には面白いものの題の「構築－A」が作者本人の心象なのだろうが読み手には意味不明。
準佳作「罪ですよ」
●期待度を膨らます音ピンヒール
●相聞歌モデルは誰と探られる
高齢化、老境を詠う句が多い中貴重な恋の句。「還暦を過ぎた時計は進み気味」は平凡。ちょっと場違いな感も否めない。
準佳作「蛍追う」
●死ねという死ぬなともいう外野席
●自由ですだけど不自由永らえて
それぞれの句はそれなりのレベルにあるが題があっちを向いてしまった。

準佳作「団塊の呟き」
●正論が沁み着いている縄のれん
●昔なら痛くなかったかすり傷
「喜びのため涙は溜めておく」は安易な中六が惜しい。

準佳作「ふさおばあちゃん」

おばあちゃん子だった様子が手に取るように分かる。
●解いては編む祖母の手の万華鏡
●蓬髪の祖母に日課の梳る
この句は蓬髪《ほうはつ》、梳《くしけず》るなど今は日常使わない硬い言葉が全体の雰囲気にそぐわない。
準佳作「保育士日記」
●すぐ会えるだけどママとは名残惜し
●初めてのトイレ成功拍手沸く
ちょっと粗削りだが珍しい現役保育士の職場体験句。こうした若い人にどんどん投句してほしい。
準佳作「十四の季節」
●スマホ見て勉強しかけてスマホ見て
●寝る時間遅い自慢はおことわり
受験生の普段の生活や感覚が垣間見えるほほえましい作品。
準佳作「草づくし」
●両の手の一念に似て女郎花
●助走することも覚えたおきなぐさ
十種の草花それぞれに川柳の命を吹き込んだ労に拍手。

（文責・遠藤）

■童話・児童文学部門

今年の応募作品は十九点。童話十一点、児童文学八点でした。どの作品も味わいがありますが、言葉の誤用でせっかくの味が損なわれることも。辞書を使って誤用を減らし、おいしい物語を書いていただきたいです。

審査は、ストーリーの完成度、オリジナリティーはあるか、童話・児童文学としてふさわしいかなどを考慮し、三作品を最終候補としました。

『ぼくらにできないことはない』（三十枚）

天神社の秋祭りで行われる、子供達のだんじり競争。大事なのはラストの登り参道で太鼓のリズムと皆の掛声が合うことだが、太鼓担当のタカちゃんは上手にたたけない。クラスメートが知恵と団結力でそれをカバーし、勝利をつかむというストーリー。

だんじり競争の場面は臨場感がありました。情景描写も美しく、風やにおいまで感じられます。それに比べて、子供達の会話や心情は説明的でリアリティーに欠けました。人物をリアルに描けば物語に説得力が生まれ、作者の思いも自ずと伝わるはずです。

『母の秘密と目薬飴』（三十枚）

俐子の誕生日に、毎年一人でどこかへ出かけてしまう母。十二歳の誕生日、俐子は母の後を付け、山道の奥の祠にたどりつく。母は一年間伸ばした髪と引き換えに、伝説の「髪姫」から俐子の目薬をもらっていた、というファンタジー。

設定、ストーリーがおもしろく、ファンタジー世界への入り方も自然。ユーモアも利いていて、子供が喜びそうです。しかし、主人公に注目すると「母の後を付けていって秘密を知る」というだけで終わってしまい、物足りない。「自分が俐子なら、何を思う？　どんな行動に出る？」と想像すると、違う展開も見えてきそうです。

『自由と律』（三十枚）

中学生になった双子の兄妹、自由と律。二人はダンス部への入部を希望するが、男子である自由は規定で入れない。あきらめず、ダンスを練習し、周囲を巻き込み、体育祭で圧倒的なパフォーマンスを見せる自由。入部が認められるまでを、律の視点で描いた作品。

応募作品の中で、最も高い評価を得ました。勢いがあり、三十枚を一気に読ませます。衣装やダンスのリアルな描写と共に心情も書かれ、登場人物と読者が感覚を共有できます。自由のキャラクターも魅力的。ただ、描写や説明が十分でないために、わかりにくいところがいくつかありました。その点が惜しく、佳作となりました。

そのほか印象に残ったのは、環境問題を扱った『南の島の繕い魔女』、キャラクターが愛らしい『りょうりにんクルミとカモのこ』。『コスモス駅の汽笛』と『トモあぁさん』は、物語よりも随筆にすることで、よりメッセージが伝わるように思います。

（文責・小野）

岡山県文学選奨年譜一覧

昭和四十一年度（第1回）

部門	題名	入賞者名	応募者数	審査員
小説	「ふいご峠」	赤木けい子（入選）	三九	小野東 梶並訓生
詩	「土の星」「廊下」 「松」「夏の遍歴」	三沢浩二（入選） （三澤信弘）	四六	山本遺太郎 吉塚勤治
短歌	該当なし		一三五	岡崎林平 宇野善三
俳句	「雑詠」	赤沢千鶴子（入選）	二四七	谷口古杏 辻濛雨

総合審査　高山峻
　　　　　松岡良明

昭和四十二年度（第2回）

部門	題名	入賞者名	応募者数	審査員
小説	「檻褸記」	峰　一矢（佳作） （岡崎　速）	二四	小野　東 矢野万里
	「坂崎出羽守」	沖野　杏子（佳作） （原　絢子）		
詩	「ラウゼンバーグの……ぶらさげられた靴」	藤原菜穂子（入選）	五八	山本遺太郎 永瀬　清子
短歌	「夫病みて」	中島　睦子（入選）	一四六	杉　鮫太郎 岡崎　林平
俳句	「雑　詠」	須並　一衛（入選）	一五四	谷口　古杏 梶井　枯骨

総合審査　高山　峻
松岡　良明

昭和四十三年度（第3回）

部門	題名	入賞者名	応募者数	審査員
小説	「暈囲」	礼　応仁（佳作）	三一	小野　東 赤木けい子
	「長い堤」	山下　和子（佳作）		
詩	「秋のかかとが離れると」	小坂由紀子（佳作）	六四	山本遺太郎 吉田　研一
	「花」	安達　純敬（佳作）		
短歌	「薔薇日記抄」	田淵佐智子（入選）	一六九	服部　忠志 生咲　義郎
俳句	「雑詠」	雑賀　星杖（入選）	二〇四	平松　措大 三木　朱城

総合審査　高山　峻
松岡　良明

昭和四十四年度（第4回）

部門	題名	入賞者名	応募者数	審査員
小説	「しのたけ」	片山ひろ子（入選） （全子）	二二	小野　東 山本遺太郎
詩	「声」「水槽の中」 「水止めの上で」	なんばみちこ（入選） （難波道子）	二六	永瀬清子 坂本明子
短歌	「雑　詠」	小山　宣子（入選） （宣）	五〇	大岩徳二 小林貞男
俳句	「雑　詠」	田村一三男（佳作）	七〇	三木朱城 梶井枯骨
	「雑　詠」	小合千絵女（佳作） （智恵子）		

総合審査　高山　峻
　　　　　松岡良明

昭和四十五年度（第5回）

部門	題名	入賞者名	応募者数	審査員
小説	「母の世界」 戯曲「鏡」	浜野　博（佳作） 富永淑子（佳作）	二一	小野　東 赤木けい子
詩	「わたしはレモンを掌にのせて」 「夜あけの炊事場で」 「薔薇のエスキス」	入江延子（入選）	三〇	永瀬清子 山本遺太郎
短歌	「無　題」	芝山輝夫（入選）	八六	服部忠志 小林貞男
俳句	「生　国」 「無　題」	竹本健司（佳作） 田上　孝（佳作）	九七	梶井枯骨 中尾吸江
川柳	「花好き」	三宅武夫（入選）	一三八	大森風来子 丸山弓削平

総合審査　高山　峻
　　　　　松岡良明

昭和四十六年度（第6回）

部門	題名	入賞者名	応募者数	審査員
小説	「武将の死」（テレビ・シナリオ）	吉井川 洋（入選）（藤本勝美）	二九	小野 東 山本 遺太郎
詩	地を踏みしめる三つの詩 「河底の岸」「薄明」 「夜の視線」	壺坂 輝代（入選）	二八	永瀬 清子 坂本 明子
短歌	「農のあけくれ」	寺尾 生子（入選）	一一九	小林 貞男 生咲 義郎
俳句	「梅はやし」	小寺 無住（入選）（清志）	一一九	中尾 吸江 小寺 古鏡
川柳	「白い杖」	島 洋介（入選）	一一九	丸山 弓削平 大森 風来子

総合審査 高山 峻
森岡 常夫

昭和四十七年度（第7回）

部門	題名	入賞者名	応募者数	審査員
小説	「蒼き水流」	林 あや子（入選）（章子）	二二	小野 東 赤木 けい子
詩	まんねんろうの花 「砂漠の底にというまんねんろうの花を求めて」 「落下」「目」 飛翔への賛歌 「鳥」「根」「渇」	岡 隆夫（佳作）（古川） 井上けんじ（佳作）（憲璽）	四七	山本 遺太郎 坂本 明子
短歌	「白き斑紋」	三戸 保（入選）	一四八	生咲 義郎 上代 皓三
俳句	「無題」 「無題」	小池 和子（佳作） 黒住 文朝（佳作）（文三郎）	一一三	小寺 古鏡 藤原 大二
川柳	「無題」	長谷川紫光（入選）（光寛）	二五四	逸見 灯竿 浜田 久米雄

総合審査　高山 峻
　　　　　森岡 常夫

昭和四十八年度（第8回）

部門	題名	入賞者名	応募者数	審査員
小説	「ふるさとの歌」	黒田馬造（入選）（馬三）	二九	小野東 赤木けい子
詩	「夕暮のうた」「鐘乳洞で」 「直立するものとの対話」	赤木真也（佳作）	五五	山本遺太郎 入江延子
	「ひらかな」「黒い太陽」 「わらべ」	松枝秀文（佳作）		
短歌	「猿の腰掛」	かんだかくお（入選） （菅田角夫）	一五三	服部忠志 上代皓三
俳句	「藁火」	本郷潔（入選）	一二二	竹本健司 梶井枯骨
川柳	「父」	光岡早苗（入選）	一三〇	逸見灯竿 浜田久米雄

総合審査　高山峻
森岡常夫

昭和四十九年度（第9回）

部門	題名	入賞者名	応募者数	審査員
小説	「護法実」	丸山弓削平（入選）（肇）	三三	小野東 山本遺太郎
詩	「水杯（帰国者の手紙Ⅰ）」 「ポプラ（〃Ⅱ）」 「鉄橋（〃Ⅲ）」	石蔵和紘（入選）（森本浩介）	五六	永瀬清子 入江延子
短歌	「窓辺の風」	浜崎達美（入選）	一五四	服部忠志 川野弘之
俳句	「雑詠」	釼持杜宇（入選）（文彦）	一三九	小寺古鏡 藤原大二
	「雑詠」	細川子生（入選）（正一）		
川柳	「無題」	東一歩（入選）	一九三	逸見灯竿 大森風来子

総合審査　高山峻
　　　　　赤羽学

昭和五十年度（第10回）

部門	題名	入賞者名	応募者数	審査員
小説	「非常時」	土屋　幹雄（入選）	二二	小野　東 山本遺太郎
詩	「季　節」「土の口伝」 「壁のなかの海」	杉本　知政（入選）	六三	永瀬清子 吉田研一
短歌	「母逝きぬ」	花川　善一（入選）	一六九	川野弘之 安立スハル
俳句	「黒富士」	岡　露光（入選）	一五四	小寺古鏡 田村萱山
川柳	「禁断の実」	高田よしお（入選）	一八七	大森風来子 水粉千翁
童話	「夏のゆめ」	三土　忠良（入選）	四三	岡　一太 稲田和子

総合審査　高山　峻
　　　　　赤羽　学

昭和五十一年度（第11回）

部門	題名	入賞者名	応募者数	審査員
小説	「少年と馬」	船津祥一郎（入選）	二五	小野東 山本遺太郎
詩	「翼について〝蛇〟〝鳥〟」 「鶏」「めざめよと声が」	森崎昭生（入選） （昭男）	五八	吉田研一 坂本明子
短歌	「春夏秋冬」	赤沢郁満（入選）	一七八	服部忠志 安立スハル
俳句	「水光」	西村舜子（入選）	一一一	竹本健司 阿部青鞋
川柳	「乾いた傘」	西山茶花（入選） （日出子）	一四二	丸山弓削平 水粉千翁
童話	「春本君のひみつ」	松本幸子（入選）	三三	岡一太 稲田和子

総合審査　高山峻
赤羽学

昭和五十二年度（第12回）

部門	題名	入賞者名	応募者数	審査員
小説	「吹風無双流」	難波 聖爾（入選）	二七	小野 東 山本 遺太郎
詩	声のスペクトラム 「歌う声」「励ましの声」 「答える声」	悠紀あきこ（入選） （井元明子）	五四	坂本 明子 入江 延子
短歌	「斑鳩」	植田 秀作（入選）	一七三	服部 忠志 川野 弘之
俳句	「盆の母」	平松 良子（入選）	一四五	小寺 古鏡 梶井 枯骨
川柳	「土の呟き」	藤原 健二（入選）	一一五	丸山 弓削平 大森 風来子
童話	「マーヤのお父さん」	和田 英昭（入選）	三五	岡 一太 三土 忠良

総合審査　高山 峻
　　　　　赤羽 学

昭和五十三年度（第13回）

部門	題名	入賞者名	応募者数	審査員
小説	「とこしえ橋」 「吉備《きびの》稚姫《わかひめ》」	石井　恭子（佳作） 多田　正平（佳作）	二九	小野　東 山本遺太郎
詩	「蔦のからまる家」 「鬼火のゆれる家」 「光を孕む家」	中原みどり（入選） （山上）	四四	入江延子 三沢浩二
短歌	「二十余年」	原田　竹野（入選）	一二五	生咲義郎 川野弘之
俳句	「雑　詠」	重井　燁子（入選）	一九一	竹本健司 田村萱山
川柳	「忘れ貝」	谷川　酔仙（入選） （忠廣）	一四九	大森風来子 水粉千翁
童話	「花かんむり」	石見真輝子（入選）	二九	三土忠良 稲田和子

総合審査　高山　峻
　　　　　赤羽　学

昭和五十四年度（第14回）

部門	題名	入賞者名	応募者数	審査員
小説	「五兵衛」	山名 淳（入選） （岸 正儀）	二六	小野 東 山本 遺太郎
詩	「花」「夜の部屋」「月明かり」	今井 文世（入選）	六三	吉田 研一 三沢 浩二
短歌	「麻痺を嘆かふ」	福岡 武（入選） （武男）	一七二	生咲 義郎 安立 スハル
俳句	「雑 詠」	西村 牽牛（入選） （里美）	一七五	竹本 健司 田村 萱山
川柳	「冬の独楽」	西条 真紀（入選） （長町生子）	一五二	水粉 千翁 長谷川 紫光
童話（高）	「めぐみの〈子供まつり〉」	まつだのりよし（入選） （松田範祐）	二〇	三土 忠良 稲田 和子
童話（低）	「むしのうんどうかい」	成本 和子（入選）	三一	

総合審査　高山 峻
　　　　　赤羽 学

昭和五十五年度（第15回）

部門	題名	入賞者名	応募者数	審査員
小説	「鼻ぐりは集落に眠れ」	楢崎三平（入選）（三郎）	二八	小野東 山本遺太郎
詩	「海からの電話」「未生の空」 「透明な花」	成本和子（入選）	六一	金光洋一郎 三沢浩二
短歌	「臨床検査室」	中島義雄（入選）	一七六	生咲義郎 小林貞男
俳句	「田鶴」	光畑浩（入選）	一八九	竹本健司 中尾吸江
川柳	「みずいろの月」 「十年夫婦」	前原勝郎（佳作） 小橋のぼる（佳作）（英昭）	一四〇	大森風来子 長谷川紫光
童話	「流れのほとり」	坪井あき子（入選）	四九	平尾勝彦 稲田和子

総合審査　高山峻　赤羽学

昭和五十六年度（第16回）

部門	題名	入賞者名	応募者数	審査員
小説	「つわぶき」	深谷てつよ（佳作）（生咲千穂子）	一五	小野東 山本遺太郎
詩	「太一の詩」	森山　勇（佳作）	三三	金光洋一郎 永瀬清子
	「陣痛の時」「分娩室」「ふたり」	吉田博子（入選）		
短歌	「筆硯の日々」	鳥越典子（入選）	一四一	服部忠志 小林貞男
俳句	「雑　詠」	難波白朝（入選）（静治）	一九六	小寺古鏡 中尾吸江
川柳	「影の父」	土居哲秋（入選）（哲夫）	一四三	大森風来子 丸山弓削平
童話	「霧のかかる日」	小椋亜紀（佳作）（貞子）	三六	平尾勝彦 三土忠良
	「黄色いふうせん」	森　真佐子（佳作）		

総合審査　高山　峻
　　　　　赤羽　学

昭和五十七年度（第17回）

部門	題名	入賞者名	応募者数	審査員
小説	「つばめ」	梅内ケイ子（入選）	二二	小野東
				山本遺太郎
詩	「野良道から」 「今朝、納屋壁に」	高田千尋（入選）	四四	永瀬清子
				金光洋一郎
短歌	「冬の朝から」 「鎌の切れ味」	菅田節子（入選）	一三八	服部忠志
				中島義雄
俳句	「雑詠」	小林千代（入選）	一四三	中尾吸江
				小寺古鏡
川柳	「女」	辻村みつ子（入選）	一二二	大森風来子
				水粉千翁
童話	「めぐちゃんとつるのふとん」	足田ひろ美（佳作） （ひろみ）	三六	三土忠良
				成本和子
	「二人は桑畑に」	福岡奉子（佳作）		

総合審査　高山峻
　　　　　赤羽学

昭和五十八年度（第18回）

部門	題名	入賞者名	応募者数	審査員
小説	「帰郷」	長瀬加代子（佳作）	三〇	小野東 山本遺太郎
詩	オード・生命記憶 「生命記憶」「結ばれ」「夏の涙」	苅田日出美（入選）	五五	永瀬清子 三沢浩二
短歌	「機場にて」	高原康子（入選）	一二六	塩田啓二 中島義雄
俳句	「雑詠」	河野以沙緒（入選） （伊三男）	一二七	竹本健司 中尾吸江
川柳	「道しるべ」	小野克枝（入選）	九七	長谷川紫光 水粉千翁
童話	「だんまりぼくと おかしなあいつ」	八束澄子（入選）	四四	成本和子 三土忠良

総合審査　高山峻
　　　　　赤羽学

昭和五十九年度（第19回）

部門	題名	入賞者名	応募者数	審査員
小説	「氾濫現象」	山本　森（入選） （小野通男）	五〇	山本遺太郎 入江延子
現代詩	「わたしが住む場所」 「山は梅雨に入った」 「ゆめばかりで寝すごす」	木澤　豊（入選） （多田）	六〇	永瀬清子 三沢浩二
短歌	「癌を病む姉」	佐藤みつゑ（入選）	一六〇	塩田啓二 中島義雄
俳句	「藪柑子」	北山　正造（入選） （幸雄）	一七一	梶井枯骨 竹本健司
川柳	「花一輪」	吉田　浪（入選）	一一七	長谷川紫光 大森風来子
童話	「ヒロとミチコとなの花号」 「ようちえんなんかいくもんか」	足田ひろ美（佳作） （ひろみ） いわどうゆみこ（佳作） （岩藤由美子）	五五	三土忠良 成本和子

総合審査　高山　峻
　　　　　赤羽　学

昭和六十年度（第20回）

部門	題名	入賞者名	応募者数	審査員
小説	「蟬」	森本　弘子（入選）	四〇	山本遺太郎 入江　延子
詩	「いる」「朝に」「架ける」	境　節（佳作） （松本道子）	八〇	永瀬　清子 吉田　研一
	「水蜜桃(1)」「水蜜桃(2)」 「水蜜桃(3)」	日笠芙美子（佳作）		
短歌	「兄の死前後」	鳥越　静子（入選）	一五二	服部　忠志 中島　義雄
俳句	「初　燕」	藤井　正彦（入選）	一七二	梶井　枯骨 竹本　健司
川柳	「花によせて」	田中　末子（入選）	一四八	大森風来子 長谷川紫光
童話	「ハーモニカを吹いて」	西田　敦子（入選）	五七	稲田　和子 成本　和子

総合審査　高山　峻
　　　　　赤羽　学

昭和六十一年度（第21回）

部門	題名	入賞者名	応募者数	審査員
小説	「名物庖丁正宗」	桑元　謙芳（佳作）	三七	山本遺太郎　入江延子
現代詩	「花座標」「しぐれ模様」「植物譚」	陶山えみ子（入選）（黒田）	五五	永瀬清子　三沢浩二
短歌	「うつし絵の人」	白根美智子（入選）	一四七	塩田啓二　中島義雄
俳句	「雑　詠」	春名　暉海（入選）	一四三	小寺古鏡　竹本健司
川柳	「独りの四季」	中山あきを（入選）（秋夫）	一三三	大森風来子　長谷川紫光
童話	「ぼくの30点」	足田ひろ美（入選）（ひろみ）	五八	三土忠良　成本和子

総合審査　片山嘉雄　赤羽　学

昭和六十二年度（第22回）

部門	題名	入賞者名	応募者数	審査員
小説	「表具師精二」	妹尾与三二（入選）	四一	山本遺太郎 入江延子
現代詩	「壁」「窓」「地図」	下田チマリ（入選） （佐藤知万里）	四九	三沢浩二 岡　隆夫
短歌	「農に老ゆ」	六条院　秀（入選） （松枝秀文）	一四三	小林貞男 塩田啓二
俳句	「雑　詠」	丸尾　助彦（入選）	一三四	小寺古鏡 宇佐見蘇骸
川柳	「ははよ」	尾高比呂子（佳作） （弘子）	九六	大森風来子 長谷川紫光
	「機関車よ、貨車よ」	木下　草風（佳作） （戡嘉）		
童話	「春一番になれたなら」	森本　弘子（入選）	三六	三土忠良 成本和子

総合審査　片山嘉雄
　　　　　赤羽　学

昭和六十三年度（第23回）

部門	題名	入賞者名	応募者数	審査員
小説	「残　光」	倉坂　葉子（入選） （山下和子）	二七	入江　延子 難波　聖爾
現代詩	「エキストラ」「オカリナ」 「廃校」 「舞台」「姿勢」「鍋」	三船　主恵（佳作） 長谷川節子（佳作） （室谷）	五四	岡　隆夫 坂本　明子
短歌	「日本は秋」	飽浦　幸子（入選）	一四五	小林　貞男 安立　スハル
俳句	「雑　詠」 「円空佛」	國貞たけし（佳作） （武士） 赤尾冨美子（佳作）	一四六	宇佐見蘇骸 中尾　吸江
川柳	「想　い」	小川　佳泉（入選） （佳彦）	九九	長谷川紫光 寺尾　俊平
童話	「ぼく達のＷＨ局」	吉沢　彩（入選） （山田康代）	三六	成本　和子 平尾　勝彦

総合審査　片山　嘉雄
　　　　　山本　遺太郎

平成元年度（第24回）

部門	題名	入賞者名	応募者数	審査員
小説	「アベベの走った道」	櫟元　健（入選）（河合健次朗）	三八	難波聖爾 赤木けい子
現代詩	「村」「浮く」「濁流」	田中郁子（佳作）	四六	坂本明子
	「死の形」「希望採集」「花のいけ贄」	岡田幸子（佳作）		金光洋一郎
短歌	「ふるさとの海」	同前正子（入選）	一三八	小林貞男 服部忠志
俳句	「比叡の燈」	國貞たけし（入選）（武士）	一五三	中尾吸江 出井哲朗
川柳	「秋の地図」	近藤千恵子（入選）	九五	寺尾俊平 濱野奇童
童話	「なんだかへんだぞ　ペッコンカード」	いわどうゆみこ（入選）（岩藤由美子）	三四	平尾勝彦 稲田和子

総合審査　片山嘉雄　山本遺太郎

平成二年度（第25回）

部門	題名	入賞者名	応募者数	審査員
小説	該当なし		四一	赤木けい子 入江延子
現代詩	「ヘビシンザイの根」「ナスの花」「虹」	田中郁子（入選）	四七	金光洋一郎 三沢浩二
短歌	「ピノキオ」	金森悦子（入選）	一六九	服部忠志 中島義雄
俳句	「鉾杉」	中山多美枝（入選）	一七四	宇佐見蘇骸 赤尾冨美子
川柳	「葦」	寺尾百合子（入選）	一〇八	濱野奇童 大森風来子
童話	「幻のホームラン」	内田收（佳作）	三五	稲田和子 三土忠良

総合審査　片山嘉雄
　　　　　山本遺太郎

平成三年度（第26回）

部門	題名	入賞者名	応募者数	審査員
小説A	「流れる」	坪井あき子（入選）	二二	入江延子
小説B	「斎場ロビーにて」	大月綾雄（佳作）	二三	難波聖爾
現代詩	「蛹」「八十八年」「自立」	岡田幸子（入選）	四二	三沢浩二 永瀬清子
短歌	「慙悸の冬」	関内惇（入選） （横山猛）	一六一	中島義雄 塩田啓二
俳句	「うすけむり」	三村紘司（入選） （宏二）	一六一	宇佐見蘇骸 赤尾冨美子
川柳	「ゆく末」	余田加寿子（入選） （神谷嘉寿子）	九六	大森風来子 長谷川紫光
童話	「トンボ」	小野信義（入選）	三三	三土忠良 成本和子

総合審査　片山嘉雄
山本遺太郎

平成四年度（第27回）

部門	題名	入賞者名	応募者数	審査員
小説A	「星　夜」	大月　綾雄（佳作）	一九	難波　聖爾
小説B	「姥ゆり」	石原　美光（美廣）（佳作）	二一	妹尾　与三二
現代詩	「私は海を恋しがる」 「私という船」 「人を好きになる場所」	小椋　貞子（入選）	五七	永瀬　清子 岡　隆夫
短歌	「婦長日記抄（続）」	鳥越伊津子（入選）	一三五	塩田　啓二 小林　貞男
俳句	「検　屍」	浦上　新樹（新一郎）（入選）	一六一	出井　哲朗 細川　子生
川柳	「残り火」	谷川　渥子（入選）	一〇六	長谷川　紫光 西　山茶花
童話	「あと十五日」	植野喜美枝（入選）	三九	成本　和子 松田　範祐

総合審査　片山　嘉雄
山本　遺太郎

平成五年度（第28回）

部門	題名	入賞者名	応募者数	審査員
小説A	「こおろぎ」	内田　收（佳作）	一九	妹尾与三二
小説B	「秋の蝶」	大月綾雄（入選）	二八	入江延子
現代詩	「記憶の扉」「影」 「春の夢」	西川はる（入選） （森　貫美代）	四八	岡　隆夫 坂本明子
短歌	「秋日抄」	佐藤常子（入選）	一一九	小林貞男 小見山　輝
俳句	「螢　袋」	花房八重子（入選）	一五九	出井哲朗 細川子生
川柳	「温い拳骨」	本多茂允（入選） （茂）	一〇二	西　山茶花 濱野奇童
童話	「桑の実」	仁平米子（入選） （米）	四三	松田範祐 稲田和子

総合審査　片山嘉雄
　　　　　三沢浩二

平成六年度（第29回）

部門	題名	入賞者名	応募者数	審査員
小説A	該当なし		二六	入江延子
小説B	「黄の幻想」	小谷　絹代（佳作）	二四	山下和子
現代詩	「年輪」「根の窟」「盆の宴」	谷口よしと（入選）（淑人）	五二	坂本明子 杉本知政
短歌	「パリ祭」	光本　道子（入選）	一三七	中島義雄 川野弘之
俳句	「太陽も花」	佐野十三男（入選）	一六二	赤尾冨美子 竹本健司
川柳	「通り雨」	関山　野兎（入選）（徹）	一〇〇	濱野奇童 寺尾俊平
童話	該当なし		四三	稲田和子 三土忠良

総合審査　片山嘉雄
　　　　　三沢浩二

平成七年度（第30回）

部門	題名	入賞者名	応募者数	審査員
小説A	該当なし		二三	難波聖爾
小説B	「過ぎてゆくもの」	長尾邦加（佳作）（邦子）	四二	船津祥一郎
現代詩	「天啓」「微熱」「異空へ」	小舞真理（入選）	六一	坂本明子 金光洋一郎
短歌	「風渡る」	戸田宏子（入選）	一二一	小林貞男 中島義雄
俳句	「サハラの春」	児島倫子（入選）	一五五	竹本健司 中尾吸江
川柳	「ポケットの海」	福力明良（入選）	一一一	大森風来子 長谷川紫光
童話	「これからの僕たちの夏」	片山ひとみ（入選）	四六	三土忠良 成本和子

総合審査　片山嘉雄
三沢浩二

平成八年度（第31回）

部門	題名	入賞者名	応募者数	審査員
小説A	該当なし		一四	難波聖爾
小説B	該当なし		五一	船津祥一郎
現代詩	「ことばの地層Ⅰ・言霊」「ことばの地層Ⅱ・私の上にひろがる空」「西日」	坂本遊（幸子）（佳作）	六七	金光洋一郎 杉本知政
短歌	「十一月の朝」「薔薇が」「わたしを生かしているものの前に」 「大氷河」	高山秋津（由城子）（佳作） 高田清香（入選）	一一二	小林貞男 塩田啓二
俳句	「サングラス」	丸尾凡（行雄）（入選）	一五〇	竹本健司 赤尾冨美子
川柳	「ひとりの旅」	則枝智子（入選）	一二九	大森風来子 土居哲秋
童話	「二人のリタ」	亀井壽子（入選）	三八	成本和子 松田範祐

総合審査　片山嘉雄　三沢浩二

平成九年度（第32回）

部門	題名	入賞者名	応募者数	審査員
小説A	「大空に夢をのせて」	一色良宏（入選）	一九	桑元謙芳
小説B	「初冠雪」	溝井洋子（佳作）	四七	山本森平
現代詩	「ブライダルベールの花が」「ささがき」「日曜日の朝」	畑地泉（入選）	六九	杉本知政 岡隆夫
短歌	「老の過程」	丸尾行雄（入選）	一〇七	塩田啓二 中島義雄
俳句	「風の行方」	生田作（入選） （穎作）	一七〇	赤尾冨美子 宇佐見蘇骸
川柳	「雑詠」	小澤誌津子（入選） （志津子）	一四一	土居哲秋 寺尾俊平
童話	「タコくん」	北村雅子（入選）	四三	松田範祐 稲田和子

総合審査　片山嘉雄
三沢浩二

平成十年度（第33回）

部門	題名	入賞者名	応募者数	審査員
小説A	該当なし		二〇	桑元謙芳
小説B	該当なし		四五	山本森平
現代詩	「三十分前」「オレンジロード」 「いそぎんちゃく」	片山ひとみ（入選）	六七	岡　隆夫 なんばみちこ
短歌	「ゑのころ草」	野上洋子（入選）	一二二	中島義雄 直木田鶴子
俳句	「水ねむらせて」	後藤先子（入選）	一六六	宇佐見蘇骸 平松良子
川柳	「嵐の夜」	柴田夕起子（入選）	一二六	長谷川紫光 土居哲秋
童話	「テトラなとき」	村井　恵（入選）	四七	稲田和子 足田ひろ美

総合審査　片山嘉雄
三沢浩二

平成十一年度（第34回）

部門	題名	入賞者名	応募者数	審査員
小説A	「じじさんの家」	長尾　邦加（邦子）（入選）	三一	難波聖爾 横田賢一 山本森平 片山ひろこ なんばみちこ 坂本明子 直木田鶴子 吉崎志保子 平松良子 竹本健司 長谷川紫光 濱野奇童 足田ひろ美 三土忠良
小説B	「イモたちの四季」	小野　俊治（佳作）	四〇	
	「猫の居場所」	坂本　遊（幸子）（佳作）		
現代詩	「礼の道しるべ」「石竜は眠る」 「あげは蝶幻夢」	日笠　勝巳（入選）	五二	
短歌	「樹木と私」	勝瑞夫己子（入選）	一一八	
俳句	「山に雪」	栗原　洋子（入選）	一六一	
川柳	「母の伏せ字」	堀田浜木綿（幸子）（入選）	一三四	
童話（高）	「コウちゃんのおまもり」	水木　あい（水川かおり）（入選）	三九	

総合審査　片山嘉雄
　　　　　三沢浩二

平成十二年度（第35回）

部門	題名	入賞者名	応募者数
小説A	「父」	藤田澄子（入選）	二〇
小説B	「見えないザイル」	島原尚美（佳作）	五四
現代詩	「バイオアクアリウム」「蛍」「さまざま家」	山田輝久子（入選）	五五
短歌	「月の輪郭」	岡本典子（入選）	九七
俳句	「大根」	前田留菜（セツ子）（入選）	一五七
川柳	「遠花火」	谷智子（入選）	一二一
童話(高)	「ばらさんの赤いブラウス」	永井群子（佳作）	三一
童話(高)	「ランドセルはカラス色」	堀江潤子（佳作）	

審査員
難波聖爾
船津祥一郎
横田賢一
山本森平
坂本明子
秋山基夫
吉崎志保子
塩田啓二
竹本健司
赤尾冨美子
濱野奇童
西条真紀
三土忠良
成本和子

総合審査
片山嘉雄
三沢浩二

平成十三年度（第36回）

部門	題名	入賞者名	応募者数	審査員
小説A	「それぞれの時空」	早坂　杏（入選）（延谷由加里）	二五	船津祥一郎 横田賢一
小説B	「ミロ」	為房　梅子（佳作）	四五	大月綾雄
	「ニライカナイ」	川井　豊子（佳作）		長尾邦加
現代詩	「いつかの秋」「船」 「空飛ぶ断片　FLYING FRAGMENTS」	合田　和美（入選）	五六	秋山基夫 岡　隆夫
短歌	「夫の急逝」	濵田みや子（入選）	一〇四	塩田啓二 中島義雄
俳句	「まなざし」	光吉　高子（入選）	一六八	赤尾冨美子 平　春陽子
川柳	「亡友よ」	東　おさむ（入選）（修二）	一一五	土居哲秋 西条真紀
童話（低）	「五ひきの魚」	永井　群子（佳作）	四二	成本和子
	「ハクモクレンのさくころ」	玉上由美子（佳作）		稲田和子

総合審査　片山嘉雄
三沢浩二

平成十四年度（第37回）

部門	題名	入賞者名	応募者数	審査員
小説A	「母の秘密」	片山　峰子（入選）	三二	難波　聖爾 山本　森平
小説B	「母の遺言」	長瀬加代子（入選）	五六	大月　綾雄
現代詩	「箱をあけられない ―マザーグース風に―」 「つくばい」「しだれ桜の樹の下で」	河邉由紀恵（入選）	七三	長尾　邦加 秋山　基夫 なんば　みちこ
短　歌	「病室の窓」	勝山　秀子（入選）	一一一	中島　義雄 飽浦　幸子
俳　句	「空容れて」	山本　二三（入選）	一七一	平　春陽子 竹本　健司
川　柳	「サンタ来る」	井上　早苗（入選）	九九	土居　哲秋 長谷川紫光
童話（高）	「アップルパイよ、さようなら」	藤原　泉（佳作）	六一	稲田　和子
童話（低）	「記憶どろぼう」	長瀬加代子（佳作）		あさの　あつこ

総合審査　三沢　浩二
　　　　　岡　　隆夫

平成十五年度（第38回）

部門	題名	入賞者名	応募者数	審査員
小説A	「サクラ」	宮井　明子（佳作）	二五	難波聖爾　山本森平
小説B	「旅人の墓」	白神由紀江（佳作）	四四	長尾邦加　片山峰子
現代詩	「時分時《ジブンドキ》」「破水」「俯瞰」	長谷川和美（入選）	五十	なんば・みちこ　山田輝久子
短歌	「祈りむなしく」	池田　邦子（入選）	九八	飽浦幸子　能見謙太郎
俳句	「何に追はれて」	吉田　節子（入選）	一五二	竹本健司　柴田奈美
川柳	「桜いろの午後」	江尻　容子（入選）	一〇六	長谷川紫光　石部明
童話（高）	「蛍のブローチ」	川島　英子（入選）	四一	足田ひろ美　松田範祐

総合審査　三沢浩二　岡隆夫

平成十六年度（第39回）

部門	題名	入賞者名	応募者数	審査員
小説A	該当なし		二六	船津祥一郎 横田賢一
小説B	「骨の行方」	諸山　立（入選） （松本　勝也）	四二	大月綾雄 片山峰子
現代詩	「パン屋・ガランゴロン」 「あきまにゅある」 「ばらばい」	みごなごみ（入選） （岡田　和也）	五二	山田輝久子 瀬崎　祐
短歌	「夕映え」	難波　貞子（入選）	九七	塩田啓二 能見謙太郎
俳句	「夏の果」	古川　麦子（入選） （美恵子）	一二九	竹本健司 柴田奈美
川柳	「遠景」	草地　豊子（入選）	一〇〇	岡田千茶 石部　明
童話（高）	「杉山こうしゃく」	山田千代子（入選）	四四	足田ひろ美 松田範祐

総合審査　三沢浩二
　　　　　岡　隆夫

平成十七年度（第40回）

部門	題名	入賞者名	応募者数	審査員
小説A	該当なし		一九	船津祥一郎 横田賢一
小説B	「蛍」 「ごんごの淵」	江口佳延（佳作） 石原美光（佳作） （美廣）	五六	大月綾雄 山本森平
現代詩	「瓶の蓋」 「二途」 「変異」	長谷川和美（入選）	五〇	今井文世 瀬崎祐
短歌	「数字」	大熨允子（入選）	一〇二	塩田啓二 石川不二子
俳句	「蕎麦の花」 「雛の市」	利守妙子（佳作） 藤原美恵子（佳作）	一三六	平松良子 花房八重子
川柳	「昏の夕景色」	西村みなみ（入選） （美智子）	九四	岡田千茶 土居哲秋
童話（低）	「ようこそ　からオケハウスへ」 「風の電話」	片山ひとみ（佳作） 永井群子（佳作）	四五	三土忠良 成本和子

総合審査　三沢浩二
　　　　　岡　隆夫

平成十八年度（第41回）

部門	題名	入賞者名	応募者数	審査員
小説A	「水底の街から」	諸山　立（入選）（松本勝也）	一六	難波聖爾 山本森平
小説B・随筆	「遺伝染色体の雨の中で啓示を待つ」―工藤哲巳さんの想い出―	中川　昇（佳作）	四五	大月綾雄 片山峰子
	「呼び声」	谷　敏江（佳作）		
現代詩	「川」「雨」「箒」	斎藤恵子（入選）	五九	今井文世 壷阪輝代
短歌	「足袋の底裂きて」	奥野嘉子（入選）	九四	石川不二子 能見謙太郎
俳句	「古備前」	笹井　愛（入選）（愛子）	一三九	平松良子 花房八重子
川柳	「洗い髪」	萩原安子（入選）	九八	土居哲秋 長谷川紫光
童話（高）	「白いコスモス」	中嶋恭子（入選）（中島恭子）	三四	三土忠良 成本和子

総合審査　塩田啓二
岡　隆夫

平成十九年度（第42回）

部門	題名	入賞者名	応募者数	審査員
小説A	「沼に舞う」 「かわりに神がくれたもの」	江口ちかる（佳作） （佳延） 古井らじか（佳作） （宮井明子）	二〇	難波聖爾 山本森平
小説B・随筆	「田舎へ帰ろう」	石原　美光（入選） （美廣）	五三	片山峰子 諸山　立
現代詩	「燐寸を擦る」「蚊帳が出てきた」 「音」	高山　秋津（入選） （由城子）	三七	沖長ルミ子 壷阪輝代
短歌	「暮れきるまでに」	三鼓奈津子（入選）	一一六	飽浦幸子 能見謙太郎
俳句	「山笑ふ」	金尾由美子（入選）	一三一	大倉祥男 竹本健司
川柳	「珈琲」	河原　千壽（入選） （千壽子）	一〇七	石部　明 長谷川紫光
童話（高）	「オーケストラ」	角田みゆき（入選）	四一	八束澄子 和田英昭

総合審査　岡　隆夫
塩田啓二

平成二十年度（第43回）

部門	題名	入賞者名	応募者数	審査員
小説A	該当なし		二三	山本森平
小説B・随筆	「約束」	藤原師仁（佳作）	六四	横田賢一 諸山立
現代詩	「遡る旅」「朝と万華鏡」「テレビのない夜の、モノクロームなネガ」「スモークリング」「ウォージェネレーション」「ブラック アンド ホワイト」	川井豊子（佳作） 風守（佳作）（別府慶二）	三八	柳生尚志 沖長ルミ子 蒼わたる
短歌	「幸せの裸の十歳」	田路薫（入選）	一〇九	飽浦幸子 岡智江
俳句	「銀河」	広畑美千代（入選）	一三一	大倉祥男 柴田奈美
川柳	「汽車走る」	江口ちかる（入選）（佳延）	一〇七	石部明 草地豊子
童話（高）	「さよなら〝ろくべさん〟」 「となりのあかり」	しおたとしこ（佳作）（塩田鋭子） なんばゆりこ（佳作）（中原百合子）	三七	八束澄子 和田英昭

総合審査　岡隆夫
竹本健司

平成二十一年度（第44回）

部門	題名	入賞者名	応募者数	審査員
小説A	「光の中のイーゼル」	古井らじか（入選） （宮井　明子）	三四	諸山　立 横田賢一
小説B・随筆	「岬に立てば」	久保田三千代（入選）	四九	藤田澄子 柳生尚志
現代詩	熱帯魚「天地」「泡沫」「廃用」 「塩沼」「井戸」「学校」	高山　広海（佳作） （田中　淳一） タケイリエ（佳作） （池田　理恵）	四五	瀬崎　祐 蒼　わたる
短歌	「理容業」	岸本　一枝（入選）	一二〇	石川不二子 岡　智江
俳句	「牛飼」	曽根　薫風（入選） （薫）	一三七	柴田奈美 永禮宣子
川柳	「人形の目」	練尾　嘉代（入選）	一一三	草地豊子 西川けんじ
童話（高）	「兄ちゃんの運動会」 「いやし屋」	おかざきこまこ（佳作） （岡崎こま子） 柳田三侑希（佳作） （幸）	二八	成本和子 森本弘子

総合審査　岡　隆夫
竹本健司

平成二十二年度（第45回）

部門	題名	入賞者名	応募者数
小説A	「大砲はまだか」	武田　明（佳作）	二二
小説B	「愛の夢　第三番」	観手　歩（入選）（山口　真澄）	二六
随筆	「姉」	為房　梅子（入選）	三三
現代詩	「詩人」「彫刻家」「叔父」 「しょいこ」「オンターメンター」 「町工場の灯」	岡本　耕平（佳作） 大池　千里（佳作）	四二
短歌	「母の弁当」	萩原　碧水（入選）（文彦）	一三六
俳句	「残心」	十河　清（入選）	一三二
川柳	「逆ス」	渡辺　春江（入選）	一〇九
童話（低）	「サバとばあばときたかぜと」	神崎八重子（入選）	三六

審査員

諸山　立
山本森平
片山峰子
神﨑照子
藤田澄子
柳生尚志
瀬﨑　祐
日笠芙美子
能見謙太郎
村上章子
永禮宣子
平松良子
河原千壽
西川けんじ
成本和子
森本弘子

総合審査　岡　隆夫
竹本健司

平成二十三年度（第46回）

部門	題名	入賞者名	応募者数	審査員
小説A	該当なし		一七	世良利和 山本森平
小説B	該当なし		二七	神﨑照子 森本弘子
随筆	「棚田」	神崎八重子（佳作）	三五	奥富紀子
現代詩	「蜘蛛」「分娩」「牧場」	倉臼　ヒロ（佳作） （山岸　広）	四六	片山ひとみ 髙田千尋 日笠芙美子
	「約束」「潜水」「初夏」	大島　武士（佳作）		
短歌	「合歓の花咲く」	山口紀久子（佳作）	一四〇	能見謙太郎 村上章子
	「送り火」	浅野　光正（佳作）		
俳句	「吾亦紅」	木下みち子（入選）	一四三	平春陽子 平松良子
川柳	「百葉箱」	長谷川柊子（入選） （和美）	九九	石部明 河原千壽
童話（高）	「サクラサク」	なかたにたきえ（佳作） （中谷竜江）	三二	八束澄子 和田英昭

総合審査　瀬崎　祐
竹本健司

平成二十四年度（第47回）

部門	題名	入賞者名	応募者数
小説A	該当なし		一八
小説B	「メリーゴーランド」	古井らじか（入選）	二六
随筆	「波動」	宮長弘美（佳作）	二八
現代詩	「贈物」「詩人」「火事」	岡本耕平（佳作）	四四
	「プラム」「おしゃべり」「タイヤ飛び」	武田理恵（佳作）	
短歌	「明日を信じむ」	野城紀久子（入選）	九一
俳句	「晩夏」	綾野静恵（入選）	八二
川柳	「つぶやき」	灰原泰子（佳作）	七二
	「今を生きる」	工藤千代子（佳作）	
童話（低）	「くまくん」	なかがわゆみこ（佳作）	三一
童話（高）	「かげぼっち」	あさぎたつとし（佳作）	

審査員

世良利和　横田賢一　森本弘子　山本森平　片山ひとみ　熊代正英　斎藤恵子　髙田千尋　岡智江　古玉従子　柴田奈美　平春陽子　石部明　久本にい地　八東澄子　和田英昭

総合審査　瀬崎祐
竹本健司

平成二十五年度（第48回）

部門	題名	入賞者名	応募者数
小説A	該当なし		一七
小説B	「わだかまる」	笹本敦史（佳作）	二一
	「ハナダンゴ」	神崎八重子（佳作）	
随筆	「耳を澄ませば―明石海人を偲んで―」	片尾幸子（佳作）	三〇
現代詩	「早春の山里」「予定調和の夏」「木守柿」	高山広海（佳作）	三四
短歌	「とうもろこし」「キャベツ」「そら豆」	中尾一郎（佳作）	八二
	「シベリア巡拝」	土師世津子（入選）	
俳句	「文化の日」	江尻容子（入選）	八六
川柳	「紆余曲折」	三宅能婦子（入選）	九八
童話（低）	「おねがい　ナンジャモンジャさま」	玉上由美子（佳作）	二二
童話（高）	「Ｔｅｎ―特別な誕生日」	なかたにたきえ（佳作）	

審査員

世良利和　横田賢一　森本弘子　山本森平　奥富紀子　片山ひとみ　斎藤恵子　高田千尋　岡智江　古玉従子　柴田奈美　平春陽子　小澤誌津子　久本にい地　八束澄子　和田英昭

総合審査　瀬崎祐　竹本健司

平成二十六年度（第49回）

部門	題名	入賞者名	応募者数
小説A	該当なし		一三
小説B	該当なし		二二
随筆	「雀の顔」	横田 敏子（入選）	三八
現代詩	「どこまででん」「けだものだもの」「げんげのはな」	岡本 耕平（入選）	四五
短歌	「われは見て立つ」	近藤 孝子（入選）	一〇六
俳句	「魔方陣」	工藤 泰子（入選）	九五
川柳	「千の風」	大家 秀子（入選）	七六
童話（高）	「タンポポさんのリモコン」	石原 埴子（佳作）	三三

審査員
古井らじか　横田賢一　世良利和　諸山立　有木恭子　熊代正英　斎藤恵子　壺阪輝代　関内惇　村上章子　柴田奈美　花房八重子　小澤誌津子　久本にい地　片山ひとみ　村中李衣

総合審査　瀬崎祐
山本森平

平成二十七年度（第50回）

部門	題名	入賞者名	応募者数	審査員
小説A	「ヘビニマイル」	長谷川竜人（入選）	二八	古井らじか 三木恒治
小説B	「塩の軌跡」	西田恵理子（佳作）	三四	世良利和 諸山立
随筆	「おもしろかったぞよう」	村田暁美（佳作）	三五	有木恭子 奥富紀子
現代詩	「山桜」「公園のベンチにて」「CT画像の中に」	山本照子（入選）	三九	壺阪輝代 森崎昭生
短歌	「彼の蝶」	三沢正恵（入選）	一一四	関内惇 村上章子
俳句	「不戦城」	塚本早苗（入選）	一〇九	曽根薫風 花房八重子
川柳	「風のアドバイス」	福力明良（入選）	一〇六	恒弘衛山 西村みなみ
童話・児童文学	「くつした墓場のおはなし」	片山ふく子（佳作）	二六	片山ひとみ 村中李衣

総合審査　瀬崎祐
　　　　　山本森平

平成二十八年度（第51回）

部門	題名	入賞者名	応募者数
小説A	「阿曽女《あぞめ》の春」	西田恵理子（佳作）	一六
	「羽化」	高取　実環（佳作）	
小説B	「綿摘」	島原　尚美（入選）	一四
随筆	「二十歳への祝電」	山本　照子（入選）	二一
現代詩	「影」「池」「彼岸花」	武田　章利（佳作）	三四
	「忘れ貝の住む渚」「桜の季節」「ながーいおはなし」	三村　和明（佳作）	
短歌	「圏外」	三浦　尚子（佳作）	九九
	「陋巷にあり」	土師　康生（佳作）	
俳句	「オリーブの丘」	坂本美代子（入選）	一一六
川柳	「ピエロの帽子」	安原　博（入選）	九三
童話・児童文学	「僕《ぼく》ん家《ち》の猫《ねこ》」	岡本　敦子（佳作）	二一

審査員

古井らじか　三木恒治　江見肇　世良利和　有木恭子　小野雲母子　壺阪輝代　森崎昭生　野上洋子　平井啓子　曽根薫風　花房八重子　北川拓治　西村みなみ　片山ひとみ　村中李衣

総合審査　瀬崎祐　山本森平

平成二十九年度（第52回）

部門	題名	入賞者名	応募者数
小説A	「人魚姫の海」	安住　れな（佳作）	二六
小説B	「見えないもの」	早坂　杏（佳作）	二三
随筆	該当なし		二六
現代詩	「介護老人保健《ろうけん》施設にて」「巡回」「とむらひ」	田中　淳一（入選）	三七
短歌	「港町・夏」	林　良三（入選）	一〇五
俳句	「汗滂沱」	馬屋原純子（入選）	一一六
川柳	「平和」	原　洋一（入選）	八九
童話・児童文学	「アキラの日」 「赤いピアノとおばあちゃん」	まひろ亜希（佳作） 岩井　悦子（佳作）	二〇
審査員	三木恒治　横田賢一　江見肇　古井らじか　有木恭子　小野雲母子　河邉由紀恵　森崎昭生　野上洋子　平井啓子　曽根薫風　永禮宣子　北川拓治　前田一石　村中李衣　森本弘子		

総合審査　瀬崎祐　山本森平

平成三十年度（第53回）

部門	題名	入賞者名	応募者数	審査員
小説A	該当なし		二〇	早坂 杏 横田 賢一
小説B	該当なし		二九	有木 恭子 古井 らじか
随筆	「五百円札の記憶」 「あはれ花びらながれ～達治をたずねて」	鷲見 京子（佳作） 三村 和明（佳作）	二八	小野 雲母子 柳生 尚志
現代詩	「蟻」「棘」「泡」	田中 享子（入選）	三五	河邉 由紀恵 日笠 芙美子
短歌	「丸い夜」 「鬼押し出し」	雨坂 円（佳作） 宮本加代子（佳作）	八七	井関 古都路 村上 章子
俳句	「大出水」	妹尾 光洋（入選）	一〇三	柴田 奈美 永禮 宣子
川柳	「島時間」	しばたかずみ（入選）	八六	北川 拓治 前田 一石
童話・児童文学	該当なし		一六	神崎 八重子 森本 弘子

総合審査 瀬崎 祐
山本 森平

令和元年度（第54回）

部門	題名	入賞者名	応募者数
小説A	該当なし		一九
小説B	該当なし		二五
随筆	「父の戦友」	松村 和久（入選）	二五
現代詩	「古書店」「古寺院」「古民家」	松村 和久（佳作）	四二
短歌	「手」「別れ」「別離」 「秋の雄蜂」	岡崎 浩志（佳作） 岡田 耕平（佳作）	八五
俳句	「それぞれの夏」 「球児の夏」	大武千鶴子（佳作） 山本 一穂（入選） （繁）	九六
川柳	「絶滅危惧種」	十河 清（入選）	九一
童話・児童文学	該当なし		二一

審査員
有木 恭子
奥富 紀子
早坂 杏
藤城 孝輔
柳生 尚志
久保田 三千代
河邉 由紀恵
日笠 芙美子
井関 古都路
村上 章子
柴田 奈美
永禮 宣子
前田 一石
野島 全
神崎 八重子
森本 弘子

総合審査 瀬崎 祐
横田 賢一

令和二年度（第55回）

部門	題名	入賞者名	応募者数	審査員
小説A	該当なし		一六	奥富紀子　小川由美子　早坂杏　藤城孝輔　柳生尚志　久保田三千代　日笠芙美子　重光はるみ
小説B	該当なし		二二	
随筆	「ぶどうの村」	早川　浩美（入選）	三九	
現代詩	「三日月」「燈台」「緑閃光」	池田　直海（直美）（佳作）	三七	
短歌	「汗だく」「呼吸困難」「ヒグラシ」	武田　章利（佳作）	一〇五	野上洋子　平井啓子　柴田奈美　古川麦子　遠藤哲平　柴田夕起子
	「落書きを消す」	有友紗哉香（入選）		
俳句	「メビウスの輪」	花房　典子（佳作）	九九	
	「遠花火」	三村　榮一（佳作）		
川柳	「人生譜」	東槇ますみ（益美）（佳作）	九三	
	「結ぶ」	髙杉　究作（正）（佳作）		
童話・児童文学	「うちのママはロボットかも」	寺田　喜平（佳作）	二一	神﨑八重子　片山ひとみ

総合審査　瀬崎　祐
横田賢一

令和三年度（第56回）

部門	題名	入賞者名	応募者数
小説A	該当なし		一六
小説B	該当なし		二二
随筆	「ちりぬるを」 「御大師講」	大森　博已（佳作） 乙倉　　寛（佳作）	四二
現代詩	「黄色の悪魔」「赤い誘惑」「朱色の渇望」	松村　和久（入選） （三村和明）	三七
短歌	「撫子の色」	田中　享子（入選）	八三
俳句	「海の欠片」	名木田純子（入選）	八一
川柳	「巣立ち」	八木五十八（入選） （塩津誠治）	七四
童話・児童文学	「今日は、ツナイリタマどんぶり」	そらきた潤（佳作） （堀江潤子）	二八

審査員

奥富紀子
小川由美
藤城孝輔
古井らじか
久保田三千代
竹内李花
重光はるみ
中尾一郎
野上洋子
平井啓子
古川麦子
大倉白帆
遠藤哲平
柴田夕起子
片山ひとみ
小野靖子

総合審査　瀬崎　祐
　　　　　横田賢一

令和四年度（第57回）

部門	題名	入賞者名	応募者数	審査員
小説A	該当なし		一六	小川由美 藤城孝輔
小説B	「昼の遊戯」 「アップルパイ」	長谷川竜人（佳作） 一〇二（佳作）	二八	古井らじか 森本弘子
随筆	「言の葉」	田中享子（佳作）	三四	竹内李花 奥富紀子
現代詩	「願い」「家路」「今」 「夜（家族を壊す病）」「朝（生きるための病）」 「夜（ふたたび朝へ）」	森本恭子（佳作） たけだりえ（佳作）	三六	重光はるみ 中尾一郎
短歌	「戦ぐ向日葵」	宮本加代子（入選）	七五	井関古都路 村上章子
俳句	「向日葵」	花房典子（入選）	一〇七	古川麦子 大倉白帆
川柳	「荒野」	藤井智史（入選）	八〇	遠藤哲平 井上早苗
童話・児童文学	「自由と律」	岡本敦子（佳作）	一九	片山ひとみ 小野靖子

総合審査　瀬崎　祐
　　　　　横田賢一

第20回　おかやま県民文化祭
第57回　岡山県文学選奨募集要項

1　趣　　旨　　県民の文芸創作活動を奨励し、もって豊かな県民文化の振興を図る。
2　主　　催　　岡山県、（公社）岡山県文化連盟、おかやま県民文化祭実行委員会
3　募集部門・賞・賞金等

<table>
<tr><th>募　集　部　門（応募点数）</th><th>賞　及　び　賞　金</th></tr>
<tr><td>①　小説Ａ（一人１編）
原稿用紙 80 枚以内</td><td>入選　１名：15 万円
（入選者がいない場合、佳作２名以内：各７万５千円）</td></tr>
<tr><td>②　小説Ｂ（一人１編）
原稿用紙 30 枚以内</td><td rowspan="7">入選各１名：10 万円
（入選者がいない部門については、佳作２名以内：各５万円）

※準佳作：④現代詩は３名以内、⑤短歌、⑥俳句、⑦川柳は各10名以内</td></tr>
<tr><td>③　随　筆（一人１編）
原稿用紙 10 枚以上 20 枚以内</td></tr>
<tr><td>④　現代詩（一人　３ 編１組）</td></tr>
<tr><td>⑤　短　歌（一人　10 首１組）</td></tr>
<tr><td>⑥　俳　句（一人　10 句１組）</td></tr>
<tr><td>⑦　川　柳（一人　10 句１組）</td></tr>
<tr><td>⑧　童話・児童文学（一人１編）
童　　話（幼児～小学３年生向け）…原稿用紙 10 枚以内
児童文学（小学４年生以上向け）…原稿用紙 30 枚以内</td></tr>
</table>

4　募集締切　　**令和４年８月 31 日（水）　当日消印有効**
※応募作品を直接持参する場合は、火曜日～土曜日の午前9時～午後5時の間、天神山文化プラザ３階の事務局で受け付ける。

5　結果発表　　**令和４年 11 月中旬（新聞紙上などで発表予定）**
※岡山県及び岡山県文化連盟のホームページに掲載する。
※審査の過程・結果についての問い合わせには応じない。
※入選・佳作作品及び準佳作作品については、作品集「岡山の文学」に収録する。（令和５年３月下旬発刊予定）

6　応募資格・応募規定等

応募資格	⑴**岡山県内在住・在学・在勤者（年齢不問）** ⑵**過去の入選者は、その入選部門には応募できない。** 平成２年度までの小説部門入選者は、小説Ａ、小説Ｂ、随筆のいずれにも応募できない。また、これまでの小説Ｂ部門及び小説Ｂ・随筆部門の入選者は小説Ｂ、随筆に応募できない。
応募規定	⑴**日本語で書かれた未発表の創作作品であること。** 同人誌への発表作品も不可とする。ただし、小説Ａ、小説Ｂ、随筆部門については、令和３年９月１日から令和４年８月 31 日までの同人誌への発表作品は可とする。 ⑵**他の文学賞等へ同一作品を同時に応募することはできない。**
応募上の注意事項等	⑴A4 サイズの 400 字詰縦書原稿用紙を使用すること（特定の結社等の原稿用紙は不可）。パソコン・ワープロ原稿も可（応募用紙の（注）を参照）。 ⑵手書きの場合は、黒のボールペン又は万年筆で読みやすく、丁寧に書くこと（応募用紙の（注）を参照）。 ⑶原稿の余白に部門及び題名のみを記入し、氏名（筆名）は記入しない。 ⑷小説Ａ・Ｂ、随筆及び童話・児童文学部門は、通し番号（ページ数）を入れる。 ⑸所定の事項を明記した応募用紙を同封すること（のり付けしない）。 ⑹応募作品は最終作品としてとらえ、提出後の差し換えは認めない。また、誤字・脱字、漢字、文法、史実上の間違いも審査の対象とする。 ⑺参考文献からの引用がある場合は出典を明記すること。無断引用（盗用）、盗作等による著作権侵害の争いが生じても、主催者は責任を負わない。 ⑻応募作品は、岡山県の出版物等に無償で利用できるものとする。 ⑼応募作品は一切返却しない。

7　審 査 員
（敬称略）

小説Ａ	小川　由美・藤城　孝輔	俳　句	古川　麦子・大倉　白帆
小説Ｂ	古井らじか・森本　弘子	川　柳	遠藤　哲平・井上　早苗
随　筆	竹内　李花・奥富　紀子	童話・児童文学	片山ひとみ・小野　靖子
現代詩	重光はるみ・中尾　一郎	総　合	瀬崎　　祐・横田　賢一
短　歌	井関古都路・村上　章子		

8　応募作品　　〒 700-0814　岡山市北区天神町 8-54
　送 付 先（事務局）　　公益社団法人岡山県文化連盟内 岡山県文学選奨係　TEL（086）234-2626

［応　募　用　紙］

すべての欄に記入すること。

<table>
<tr><td>応募部門
応募部門を○で囲む</td><td colspan="3">①小説A（一人1編）　②小説B（一人1編）　③随　筆（一人1編）
④現代詩（一人3編1組）　⑤短　歌（新仮名遣い・旧仮名遣い）（一人10首1組）
⑥俳　句（一人10句1組）　⑦川　柳（一人10句1組）　⑧童話・児童文学（一人1編）</td></tr>
<tr><td>作品名</td><td colspan="3">（　枚）
●小説A、小説B、随筆及び童話・児童文学部門は、（　）内に枚数を記入
●現代詩は、順番をつけて3編の題名を順番に3編とも記入
●短歌、俳句、川柳は、10首（句）まとめての題名を1つ記入</td></tr>
<tr><td>ふりがな
作者名</td><td colspan="3">※筆名（ペンネーム）を使用している場合は、筆名を記入</td></tr>
<tr><td>ふりがな
本名</td><td colspan="3">※筆名（ペンネーム）を使用していない場合は、無記入でよい</td></tr>
<tr><td>住所</td><td colspan="3">〒
TEL</td></tr>
<tr><td>学校名
会社名</td><td>※県外在住者のみ記入</td><td>所在地</td><td>※県外在住者のみ記入</td></tr>
<tr><td>生年月日</td><td colspan="3">令和4年8月31日現在
大正・昭和・平成　　年　　月　　日（　　歳）</td></tr>
</table>

（注）1原稿の余白に部門名及び題名のみを記入。氏名（筆名）は記入しないこと。
2原稿用紙は、A4サイズを使用し、綴じないこと。
3パソコン、ワープロ原稿は、A4横置き縦書きで、縦20文字×横20行とし、文字サイズは10.5～12ポイント程度とする。
4手書きの場合は、黒のボールペン又は黒の万年筆を使用し、必ず楷書で記入すること。鉛筆、ブルーブラック又は青のボールペンや万年筆は使用しない。
5短歌部門は、原稿用紙1枚に10首を収め、枠外の右下に新仮名遣い・旧仮名遣いの別を明記すること。
・上記1～5を満たしていない作品については、原則として受け付けない。

応募作品送付先（事務局）　〒700-0814　岡山市北区天神町8-54 公益社団法人岡山県文化連盟内
岡山県文学選奨係　TEL（086）234-2626

＜個人情報の取扱いについて＞ 応募者の個人情報は、入選の通知など本事業のみに使用する。

岡山の文学

― 令和４年度岡山県文学選奨作品集 ―

令和５年３月31日　発行

企画・発行　岡　山　県
おかやま県民文化祭実行委員会
事務局・公益社団法人　岡山県文化連盟
岡山市北区天神町8-54　岡山県天神山文化プラザ内(〒700-0814)
電話 086-234-2626
https://o-bunren.jp　Email bunkaren@o-bunren.jp

発　　売　吉備人出版
岡山市北区丸の内２丁目11-22(〒700-0823)
電話 086-235-3456
http://kibito.co.jp　Email books@kibito.co.jp

印　　刷　富士印刷株式会社
岡山市中区桑野516-3(〒702-8002)

ISBN978-4-86069-708-2　C0095
定価はカバーに表示してあります。乱丁・落丁はお取り替えいたします。